U0076062

天下篇，逍遙遊
七星劍，葫蘆酒
你就這樣長身去了江湖
自天涯滄桑風塵回來的你
大鐘鳴鼓，琴瑟竽笙
高台厚榭，邃野之居
或人何在？或人何在？
你又帶書攜酒配劍
從眼前到天涯，一路過去

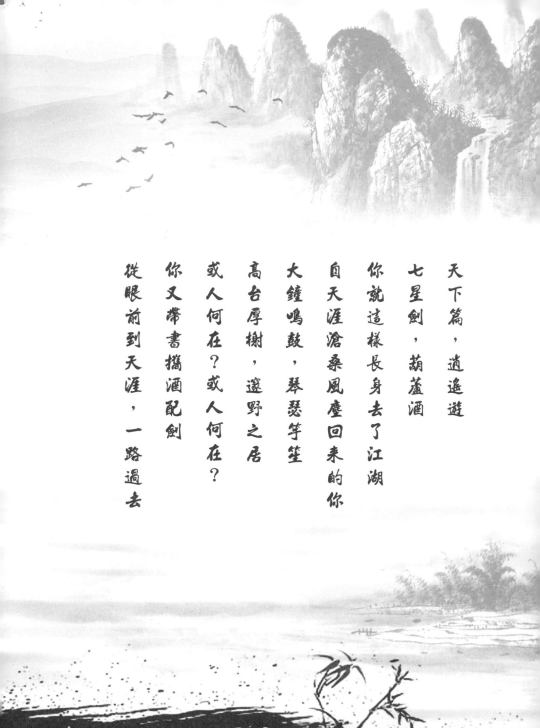

落花也有温柔的遠志
像人走向水涯
而裘褐為衣，棺桐三寸
張目奸逼切如大火逼你躍牆
身臨绝澗如閉目飛躍
而這一躍往何處去呢
流水也有悲壯的柔情

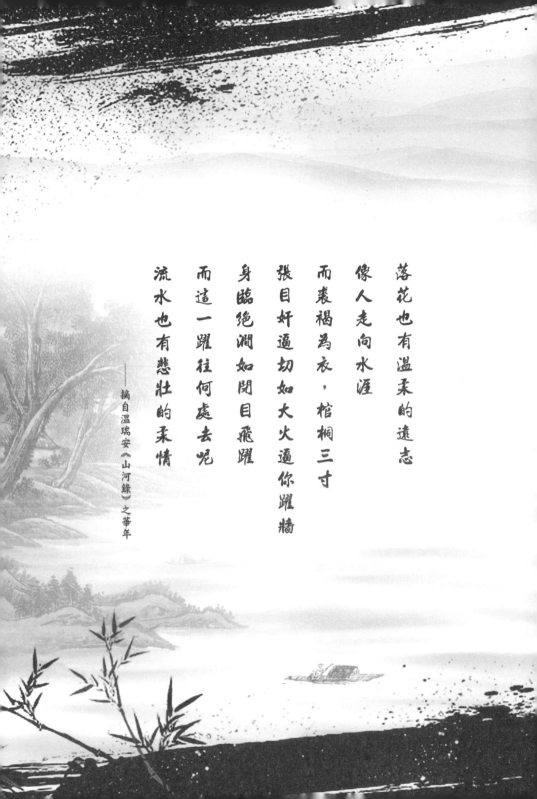

——摘自温瑞安《山河錄》之華年

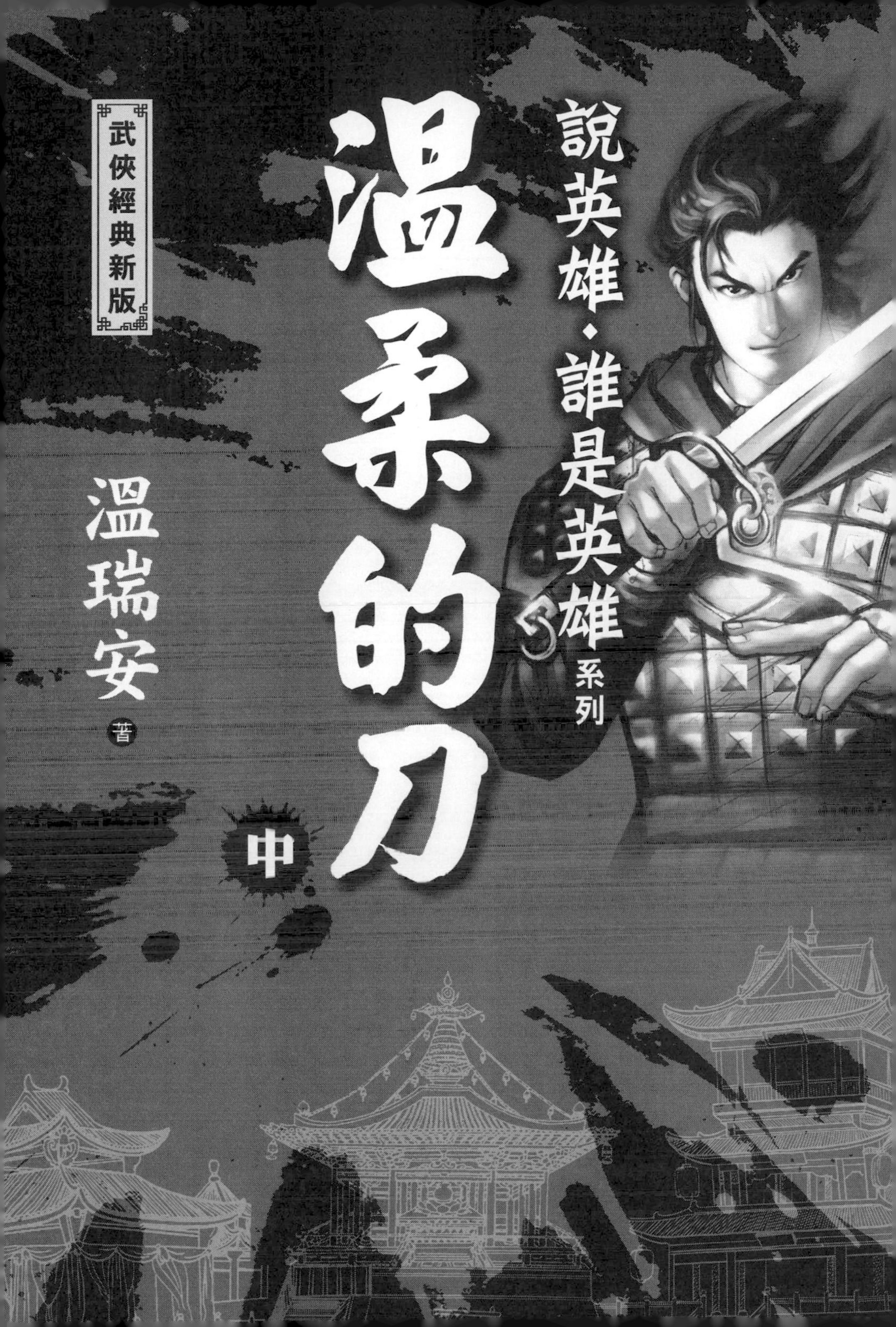
武俠經典新版
說英雄·誰是英雄系列
温柔的刀
中
溫瑞安 著

說英雄誰是英雄系列

溫柔的刀

中冊

目錄

廿三　掃雷行動

人人都變了臉色。

連王小石也覺得白愁飛的要求太過無稽。

蘇夢枕卻沒有。

他神色自若。

「好。」他說：「你要當什麼，我給你當，不過，你要當得來才可以。」

他語音微帶譏誚之意：「這世上求虛名的人太多，但如無實際本領，仍然一切成空，」

白愁飛冷峻地道：「你不妨讓我當當看。」他近乎一字一句地道：「我一定當得來！」

蘇夢枕忽然連點了自己身上幾處要穴，臉上煞白，青筋抽搐，好一會才能說話：「我真是渾身是病。」

王小石關切地道：「爲什麼不好好去治？」

蘇夢枕道：「我有時間好好去治嗎？」

王小石道：「至少你應該保重。『金風細雨樓』固然重要，但若沒有你，就沒有『金風細雨樓』。」

蘇夢枕笑道：「你知道我現在覺得最有效的治病方法是什麼？」

王小石側側首。

蘇夢枕道：「當自己沒有病。」

然後他又笑了。苦笑。

他接下去問：「你們在『金風細雨樓』，想先從何處著手？」

他這句話問得很慎重。

這是一個很嚴肅的問題。

正如你要寫詩，就應該懂一點音韻平仄，多知道一些典故字彙；如果要寫字，就要懂得一些筆墨硯紙的常識；如果想發財，起碼要會做生意、有一盤精打細算的數口。

就算是加入幫會，不可能整天都是打打殺殺，要弄清楚的事，從人手到分舵，可算得上千頭萬緒，千絲百縷；正如作為朝中大臣一般，不止是參奏彈劾、議事問政，而對朝中禮節、同僚位份、律法制度都要瞭如指掌，才能有所作為。

所以蘇夢枕才有此一問。

答案卻不同。

「我想先從這『白樓』的資料著手，弄熟一切調度佈防、來龍去脈，方便他日策劃定略。」

白愁飛這樣說。

他一向很有野心，也很有抱負。

「我希望先從外圍入手。『金風細雨樓』雖較受朝廷官方認可，名門大派器重，但在江湖上和一般人心裡，卻不如『六分半堂』根深蒂固。也許是因為近年來『金風細雨樓』崛起的確太快，很多事來不及奠基佈局，我想在民間和外間，多作一些紮根的工作。」

這是王小石的意見。

他一向跟市肆貧民較能溝通，而且從不自恃清高、曲高和寡。

他的意見和白愁飛不一樣。

白愁飛主張集中精神、節約時間，先從「金風細雨樓」的重心與重點下手，方便在決策應事的大方向上成爲蘇夢枕的強助。

王小石則屬意先由外圍下功夫，摸熟環境、認清形勢，慢慢從基層調訓幹員，以便「金風細雨樓」可以屹立不倒、穩如泰山。

這兩個不同的意見，反映出他們不同的個性。

蘇夢枕也有他自己的意見。

但他卻欣賞他們兩人的看法。

就是因爲他們的意見不同，所以才會聚在一起。

世上的知交，本來就不需要性格一致，只要興味相投，只要有緣，那便是相知的一切理由了。

蘇夢枕道：「你們可以從你們所選擇的方式行事，不過，有兩件事得要先做。」

白愁飛問：「逼使雷損不得不馬上談判的事？」

蘇夢枕一向只問人話，不答話，所以他問：「你們認為有什麼能令雷損不得不馬上談判？」

白愁飛即道：「假如他麾下的忠心幹部一一死去，獨力難持大廈，雷損想要不談判，也不容易。」

王小石補充：「就算談判，但失去了討價還價的份量。」

蘇夢枕道：「說得很對。所以我們要先對付三個人！」

王小石道：「對付？」

蘇夢枕道：「對付。」

白愁飛道：「是三個人？不是兩個？」

蘇夢枕道：「因爲還有一個人我已請了另外一個人去對付了。」他有點莫測高深的道：「那是個很好玩的人。」

王小石道：「很好玩的人？」

蘇夢枕笑道：「至少是個很有趣的人。」就不說下去了。

白愁飛問：「我們對付的是『六分半堂』裡哪三個人？」

蘇夢枕道：「『六分半堂』裡有幾個身居要職的，都是姓雷的，譬如雷媚、雷恨、雷滾。」他一字一句的道：「我要你們去對付雷恨和雷滾。」

「雷媚呢？」

「我已叫人去對付了。」

「爲什麼不對付狄飛驚？」

「因爲狄飛驚是個極難對付的人，我們不該在此時此刻做沒有把握的事，」蘇夢枕道：「在我們想殺『六分半堂』的人的時候，『六分半堂』也必然正想打我們的主意。如果我們的高手被殺，士氣受挫，談判自然無力，說不定還得自動求延。我們要折雷損的信心，卻不可反被他挫損了士氣！」

「而且，」蘇夢枕繼續道：「如果『六分半堂』有一天整垮在我們手裡，雷損極可能來個玉石俱焚，唯一能幫我們穩定局面的，反而是狄飛驚，只要他肯跟我們合作，一切都好辦了。」

「所以要留下他？」

「他活著，對雙方都有利。」蘇夢枕道：「他死了，對雙方都不好。」

白愁飛聽了，嘆了一口氣道：「狄飛驚真是個了不起的人。」

一個人能爲自己人和敵人所尊重，而雙方都覺得他舉足輕重，不可或缺，自然十分難得。

人只要能做到這一點，已經可以算得上是個大人物。

◇◇◇

白愁飛問：「雷動天呢？他是『六分半堂』的二堂主，殺了他足以駭眾！」

蘇夢枕肅容道：「雷動天是一個很可怕的人，如果還沒有充分的把握，還是不要動他的好。」他凝重的道：「以前，我手上不止有『四大神煞』，還有一位『上官中神』，擅使三百一十七條雷山神蛛遊絲，一手能發一百二十三顆『沙門七煞珠』，想必你們也曾聽說過。」

白愁飛道：「上官悠雲之名，遠在我兒時已名動天下。」

蘇夢枕微嘆一口氣道：「如果他能活到現在，還不知有多出名；」他補了一句：「他就是不信這個邪，去動雷動天，結果給雷動天連同他佈下七百四十七株湘妃竹陣一齊活生生的震死。」

王小石咋舌道：「連竹子也死了？」

「在『五雷天心掌』下，如同雷殛一般，所過之處，無有不死。」蘇夢枕道：「不過也有一次例外，洛陽『妙手堂』的人想過來京城搶奪地盤，『大雷神』回萬雷以『五雷轟頂』攻擊雷動天，雷動天以雷制雷，結果回萬雷捱了一殛，負創而去，並沒有死。」

他淡淡地道：「不過，回萬雷卻再也不敢來京師一步，不敢再動京城一草一木的主意。」

王小石吐舌道：「好厲害。」

白愁飛冷冷地道：「我倒想會一會此人。」

蘇夢枕道：「你不必急，有的是機會。」他沉聲道：「不管你會不會去找他，但他一定會來找你。」

王小石道：「究竟誰去對付雷滾？誰對付雷恨？」

白愁飛道：「他們都窩在『六分半堂』裡，如何去『對付』他們？」

王小石又問：「究竟『對付』是什麼？殺？揍？傷？還是教訓？」

白愁飛再問：「幾時去？在什麼地方動手？還有誰去？我們是一起動手？還是分開來行動？」

蘇夢枕笑了。

「你們問得這麼急，」他說：「我都來不及回答。」

「現在要做的事情就是，」他向王小石和白愁飛道：「先換掉濕衣服，再看看你們的新房間，然後一起吃飯、喝酒、談天，接著到議事廳來，楊無邪會告訴你們怎麼對付、怎樣做！無論如何，今夜我們得好好敘一敘，對付，再快也得是明晨的事。」

他們正在翻看雷滾和雷恨的資料。

這是第六層的「白樓」。

拂曉。

曉來風急。

燭火輕搖。

楊無邪就在一旁，看著燭火映照出四壁的「資料」，臉上沒有表情，但眼裡卻有滿足之色。

資料是比金銀更活的財富。

何況這裡的資料有些極爲珍貴，甚至可說是價值連城。

不管是誰、用任何方式去收集得這些資料，都是件偉大的工作。

楊無邪有份參與，甚至策動這件工作。

這每一箱資料，他都視如他的孩子，得來何其不易，其間血汗辛酸，他是冷暖自知。

一個組織，永遠需要有他這種埋頭苦幹式的人物，沒有這種人物，便不可能成爲健全的組織。

所以當楊無邪看著這些花費他無數心血、甚至致使在武功上荒廢衰退的「成績」，覺得既欣慰，又自豪。

眼前這兩個年輕人在專心的研讀資料，他沒有去騷擾他們。

他知道他們要憑他這些資料，來幹幾件轟動京城內外的大事。如果他的資料不準確，很容易作出錯誤的判斷。

有些事往往是錯不得的。

有些錯誤，跟「死」字同義。

所以他希望他們能好好的讀、用心的記。

而且他也喜歡他們正專心的讀、費神的記。

——這彷彿表示了一種尊重、一種讚美，等於是告訴他：他的努力絕對值得重視。

誰都希望自己的努力能受到重視。

睿智如楊無邪者也不例外。

王小石和白愁飛的閱讀，顯然已告一段落。

他們把資料交回給楊無邪。

資料不在他們手上，卻已深深烙刻在他們的腦海裡。

「這幾天，我們想要對付『六分半堂』的人的時候，『六分半堂』的人也正是要對付我們。」楊無邪道：「長久以來，『六分半堂』跟我們相對峙，他們派出足夠的人手，來監視我們樓裡的重將，我們也派出足以承擔的幹員，來牽制他們堂裡的高手。所以兩股實力，互相對壘，旗鼓相當，誰也不敢貿然出擊。」

白愁飛道：「所以只有我們出擊。」

楊無邪道：「你們是『金風細雨樓』的強助，而且『六分半堂』還摸不透你們的底子，在短時間內也調不出高手來掣肘你們，當然是最適合的人選。」

白愁飛道：「我聽說雷損當年的髮妻『夢幻天羅』關昭弟是『迷天七聖』的聖主關七的親妹子，如果『迷天七聖』的高手襄助『六分半堂』，豈不是敵長我消，甚爲危殆？」

「不會的。」楊無邪決斷地道：「『迷天七聖』已與『六分半堂』結仇。關七因恨雷損可能殺害了他的妹子，要滅『六分半堂』之心，猶勝於剔除『金風細雨樓』。」

「所以，根據我的資料，除非是『迷天七聖』的內部組織最近有了大變動，『六分半堂』與『迷天七聖』絕對是敵，而不是友，」楊無邪道：「這點你大可放心。」

白愁飛咕噥道：「有些時候，在江湖上，敵友不是那麼分明的。」

「但不是關七，」楊無邪道：「關七恨一個人的時候，他的記憶力很好，他的手也可以伸得很長。」

白愁飛道：「但願你說得對。不過我們還是不知道怎樣才能找到雷滾和雷恨。」

「雷滾今天給樓主嚇破了膽，挫盡了銳氣，他一向都好大喜功，今天受挫，他一定會設法重振雄風。」

這種男人，不得志的時候通常只會去欺負女人，雷滾絕對是個好例子。

雷滾會去的地方叫做「綺紅院」。

那地方常常擄來或買來一些十三、四歲的小女孩子，供有錢的大爺「開苞」作樂。

這妓院本就是隸屬於「六分半堂」旗下，雷滾蒞臨，自然是「特別侍候」。

在這種非常時期，雷損一定會嚴禁部下不可胡亂外出活動的，但雷滾還是會偷偷的溜出去，原因是：

他仗恃有雷動天、雷媚、雷恨的遮掩，諒不致遭受什麼重大懲罰。

另且，雷滾實在不能不去。

——因爲雷滾除了好功之外，還好色，更糟的是他除了在幼弱的小女孩身上之外，根本不能一展「雄威」。

所以他非去不可。

楊無邪要白愁飛在那兒「等」他。

王小石一聽雷滾是這樣的人，立即叫道：「我去。」

楊無邪搖首：「你不能。」

王小石忿道：「你以爲我不是他之敵!?」

楊無邪仍是搖頭：「雷恨的武功要比雷滾高得多了。」

王小石道：「那麼我爲何不能去殺了這個混帳!?」

「原因便是，你去會殺死他，但我並不要他死，他活著還有用；」楊無邪慢條斯理的說：「何況，我查過資料，你根本沒有到過妓院，怎能承擔這件事，你說是不是？」

王小石只有道：「是。」

他發現「資料」要比他想像中還更有用。

「你的目標是雷恨。」

「雷恨是一個很難對付的人。」

「雷恨是一個憤怒的人，江湖上人人都說：誰要是激起了雷恨的怒火，等於引火自焚。」

「我便是要你去激怒雷恨。」

「因為這個人的武功似乎缺少了一樣東西。」楊無邪說到這裡，才停了一停。

「什麼東西？」王小石問。

「破綻，」楊無邪答：「每個人都有破綻，但雷恨似乎沒有。所以你只好擇他最強的一點下手，只要能打垮他最自豪的絕技，其他的自然就變成了缺點。」

王小石問：「要是我被他的怒火吞噬了呢？」

「那也沒有辦法，」楊無邪道：「在一頭憤怒的獅子爪下，是沒有卵存這回事的。」

「我們怎樣才找得到雷恨？」

「不用找他，」楊無邪道：「他自己一定會來找你，昨天下午的事，他既不忿氣，也絕不服氣，他總要殺一兩個敵人來洩洩氣。」

王小石道：「雷滾嫖妓，雷恨殺人，你都那麼肯定？」

「肯定。」楊無邪斬釘截鐵的道：「一是照我的判斷，二是因爲『六分半堂』裡，早有我們的人。」

「這計畫最重要也是最後的一步是，」楊無邪道：「你們一定要到白天的『三合樓』集合，且時間要在午時。」

楊無邪說到這裡，慢慢的道：「我們這個行動，就叫做『掃雷行動』」。

廿四　網中人

「掃雷行動」開始。

他們正要離開「金風細雨樓」的時候，師無愧卻攔住了他倆。

師無愧看來仍是那麼英悍，如標槍般的屹立無畏。

楊無邪和師無愧令人一看就知道他們是兩個人。兩個完全不一樣的人。

師無愧已敷過了藥，換上了新長衫，精神看來比昨天還要好，可見御醫樹大夫有妙手回春的辦法。

師無愧跟白愁飛道：「公子要見你。」他指了指青樓。

白愁飛點了點頭，望了王小石一眼。

「你等我」這三個字，白愁飛並沒有說出來，可是他的眼色裡已經說出來了，王小石也聽到了。

白愁飛逕自走入了青樓。

王小石看看晚色，看看泉水，看看花，然後注意力就完全落到一對蝴蝶的身上。

蝴蝶翩翩。

蝴蝶飛到東，他的眼睛就看到東；蝴蝶飛到西，他的一雙眼珠也碌碌的溜到西。

他越看越開心，越看越快樂，彷彿他的人也跟著蝴蝶在花間翻飛翩躚。

這時，忽然有人在他肩上一拍。

王小石驀然一醒，這才發現白愁飛已到了他身邊。

白愁飛冷冷地道：「你知不知道，你剛才全神貫注在看蝴蝶，我可以殺死你幾次？」

「我不知道，」王小石笑道：「就算要死，又怎能不看蝴蝶？」

——這是哪一門子的理論？

白愁飛一時也答不上來。

王小石露出卵石般的貝齒，笑道：「何況，你才不會殺我。」

白愁飛只有道：「大哥請你也上去一趟。」

王小石爽快地道：「好。」他也走入了青樓。

白愁飛負手望天。

他仰首望天的時候，高挺的鼻子、挺拔的眉骨，特別高聳，顯出他的傲岸和自負。

他一直看到旭日東升，萬里晴空，王小石走出青樓來的時候，長長長長、長長長長的吁出了一口長長長長長長長長的氣。

然後他們就上路。

誰也沒有問對方聽到些什麼，談過些什麼。

◇◇◇

「掃雷行動」：

白愁飛去「對付」雷滾。

王小石的「目標」是雷恨。

另外有一個不知名的人，去解決雷媚。

其餘的詳情，白愁飛和王小石均不知道。甚至白愁飛不知道王小石要如何去除掉雷恨，王小石也不知道白愁飛要怎樣去對付雷滾，他們只知道一件事：

——任務一完成，即返三合樓。

◇◇◇

當你遇上重大任務的時候，忽然參與一件足以沸動江湖、掀千尺浪的大事之際，心裡的感受是怎樣？

王小石是興奮。

他覺得很好玩。

——他的目標是雷恨，在江湖上，找雷恨的麻煩，等於是把自己的頭硬塞進獅子的嘴裡、還要用火棒戳牠的屁股一般沒有生機。

可是王小石還是覺得很有趣。

有趣得整個人都振奮起來。

白愁飛卻仰首。

他知道會有這樣的一天。

他早已期待有這樣的一日。

他已作好這一天來臨時的準備。

——正如很多懷才未遇的年輕人，枕戈待旦，秣馬厲兵，爲的便是足以叱吒風雲驚天下的一擊。

至於這一擊是成是敗？成又如何？敗又如何？大多數人都沒有去細想。

因爲除非真正全面出擊過，否則，永遠也不會有答案；就算是已全力出擊，也不一定會有答案。

世間有些問題，本來就沒有答案，或不需要答案，甚或是人人的答案都不一樣。

這次他們的「答案」是什麼？

白愁飛在黎明便到了「綺紅院」。沿著第六牆根直掠而上，迅速溜入院內，再分辨出方向，直撲北大房三樓的酉字房。

這「綺紅院」做的是夜裡黑裡的生意，到了清晨，曉霧剛起，宿露未消，自然大部份人都高臥未起，起來的下人也只惺忪睡眼，哪裡看得見比一溜煙還快的白愁飛？

白愁飛閃到了酉字房外，發覺裡面隱透一盞黃火，將熄未熄，顯然是昨夜雷滾根本就沒有滅燈，就幹那胡天胡地的事。他用手輕輕一按，在糊紙上戳了一個月牙孔兒，張望進去，果見有兩對鞋兒，歪斜的撒在床衾前。紗帳半掩，一個赤裸上身的大漢，發出如雷似的鼾聲，他身旁有一位髮似烏雲的女子，露出一小截白皙纖弱的柔肩，臉容卻看不清楚。床上床下，亂成一片，似有人在此大戰過的情況。

白愁飛當然明白這是什麼一種大戰。

白愁飛輕輕一托，就托向了那插嚴了的門筍子，房門略開，白愁飛已閃了進去，掩上了門，再閂好了門栓子。

然後他再徐徐的站起來，深深吸了口氣。

他望著床上那瘦小柔弱的女子，心中陡升起一股忿意。

他輕輕咳了一聲，一步踏近床前。

然後一把掀開被子，另一隻手就要把雷滾的脖子拎上來。

◇◇◇

金紅的被子一掀，竟現出了三具不同的身體，尤其那女子的胴體，完全赤裸，白得刺目，雷滾卻穿著牛犢子褲，而被裡還有一個人。

一個「小人」。

一個「小人」，一對狠毒的眼。

人極小，比侏儒還小上一些，但手上一把匕首，可又毒又辣，就在白愁飛掀被的剎那，已連下七道殺著。

白愁飛是右臂掀被的。

七道殺著，全向白愁飛的右臂猛攻。

白愁飛來不及破招，只好及時縮手。

他一縮手，那七道殺著變成向他身上攻去。

白愁飛只好疾退。

他一退，就發現這房間已經沒有了。

◇◇◇

房間就是房間，怎會突然「沒有」了呢？

一個人立身之處，一定會有天、一定會有地。

就算是在屋子裡，屋頂外的仍是天，就算在水上，水底下仍有地。

任何房間，都有屋頂和地板，不管是瓦頂、茅頂、竹頂，還是石地、泥地、磚地，都一定會有屋頂和地板。

可是，現在，房間的屋頂突然不見了。

其實不是不見，而是落下了一張大網，大網遮掩了整個屋頂。

而地板也不見了，同樣的，一張大網升起，白愁飛無論往上升、往下沉，都躲不開這天羅地網。

如果要往後退，奪門而出，已經來不及了，更何況他看得出來門外有更厲害的埋伏。

無論他怎麼躲，只要天地這兩面大網一接合起來，他就成了網中的魚，再也逃不出去。

白愁飛這一剎那間只想到一件事：

究竟這張網是「六分半堂」一早伏下的，還是「金風細雨樓」早就佈下的？

他不退、不閃、不躲、不掙扎。

他只進。

一掠身，就竄入紗帳內。

他的身形本來還是疾退的，但突然間就變成前掠，疾退與前掠之間，身法的變化就似優美的歌詞與歌譜之間配合得了無痕跡。

——最險之地往往最安全。

房間已全成了一張大網，可是床還是床。

他決定要搶入床上！

他才到床前，雷滾的水火雙流星已然迎面打到！

上擊臉門，挾風雷之聲，取下盤那一枚卻了無聲息，但白愁飛知道那才是最可怕的一擊。

就在這時，被窩裡的侏儒，把那弱小女子一扔，往白愁飛身上推了過來。

白愁飛雙手食、中二指一挾，已剪斷了雙流星的鍊子，但那女子已撞到了他身前！

白愁飛一皺眉，伸手扶住那女子。

那女子身無寸縷，正是我見猶憐，白愁飛這一觸手，心神一震，就在這霎間，那女子身子一震，不但盪出了令白愁飛心蕩神飛的乳浪，還射出了九點寒星。

女子身上赤裸，暗器從何而來？

髮上。

那女子一震之間，烏髮一甩，九點寒星在短距離飛取白愁飛九處要穴，正是「裂門飛星」的失傳已久的絕門手法！

白愁飛衣袖一捲，九點寒星，已全捲入袖裡。

他左手中指彈出。

他下手不再容情。

這一指彈在那女子額上，那女子急空翻身，險險避過，細胸巧穿雲，落回床上，身法俐落，嬌笑道：「看你家姑娘的厲害！」正要一笑，忽然臉色一變，仰身倒在床上。

雷滾和那侏儒都是大吃一驚。

原來白愁飛那一指，雖戳不住這「六分半堂」六堂主雷嬌，但隔空指力，已鑽入她的眉心穴，雷嬌一個得意譏刺，不及聚氣定神，指力突然炸起，雷嬌只覺腦門一熱，竟支持不住，暈了過去。

然而白愁飛已在網裡。

魚在網裡的命運是什麼？

野獸在陷阱裡的命運是什麼？

白愁飛在網裡的命運是什麼？

◇◇◇

白愁飛靜靜在網裡。

他沒有掙扎。

他的手一觸網繩，便知道就算有神兵利器、大力雷神，也難以切繩斷網。

除非有人再開啓機關，否則自己決難逃脫。

他靜靜的看著他的敵人。

落網並不等於失敗。

就算敗了也不等於死。

白愁飛現在只苦思一件事：

——「六分半堂」的人是怎麼知道他會來偷襲雷滾的？

——如果這局面並非「金風細雨樓」的設計，只要自己能活回去，就必須要告訴蘇夢枕，「六分半堂」的實力絕不可輕視！

白愁飛在網裡的眼神，就像一頭狼，一頭落入陷阱裡，自知已無希望但仍靜待撲擊將要捕殺牠的人。

這種眼神使一向膽大氣傲的雷滾，心裡也有點發毛。

——幸虧這頭狼已在網中。

——如果萬一有一天，跟牠同處於一張網中、或一個絕地裡，就實在是比死還可怕的事。

想到這裡，雷滾幾乎要機伶伶的打了個冷顫。

◇◇◇◇◇◇

那侏儒卻用力磨牙，發出尖銳而刺耳的聲音道：「我們總堂主算準你們一定會來騷擾五堂主，早在這兒設下天羅地網，恭候你入網，還有一個姓王的，大概是怕死不敢來吧？」

白愁飛沒有相應，心中暗忖：王小石那兒似乎較安全一些。

雷滾向那侏儒道：「拓跋，你剛升十二堂主從補，就有這般出色的表現，可喜可賀！」

那「侏儒」居然有這麼一個豪壯的名字，叫做拓跋雲，只見雷滾這麼一說，拓跋雲就慌忙道：「全仗五哥多栽培。」

這句話對雷滾而言，顯然十分中聽，所以他哈哈一笑，道：「有本領的人自然都會冒起來，談不上栽培。」他指了指網中的白愁飛道：「你說這人該拿來煮呢、烹呢、還是煎、炒、煮的好？」

拓跋雲阿諛地笑道：「反正他已落到五堂主手裡，您高興把他怎麼辦就怎麼辦！」

雷滾倒有點心悸。敵人在網中，總不比死了的人安全。當下便道：「總堂主和大堂主幾時才會過來？」

拓跋雲道：「據報蘇夢枕今天會帶座下四煞全面撲襲我總堂，他們都要坐鎮總堂，予以迎頭痛擊！」

雷滾仰天大笑道：「好！好！看姓蘇的王八蛋能橫行到幾時!?」他向拓跋雲吩咐道：「叫外面埋伏的堂主撤哨子，把這廝用亂箭射殺！」

拓跋雲即道：「是。」走到門口，只聽幾句說話的聲音，接著便是數十對腳步迅速移走的聲音。

看來「六分半堂」在這兒佈下的，少說也有五、六十人，其中至少還包括了四名堂主，顯然是志在必得。

雷滾仰面盯了白愁飛幾眼，洋洋得意地道：「看你飛得上天？大爺今兒可要好好的整治你！」

白愁飛依然沒有作聲。

這時，兩人走了進來。

只聽拓跋雲道：「已吩咐下去了，只留二十名神箭手，在這裡候著射他，射倒爲止。」

另外一個聲音道：「可以開始了沒有？」

雷滾道：「可以了，我正想看射猴子。」

只聽那人喝了一聲，二十名弓箭手跑了進來，有的站著，有的半蹲，彎弓搭箭，全對準白愁飛。

拓跋雲笑嘻嘻的道：「你死前還有什麼遺言？」

白愁飛道：「有。」

拓跋雲道：「有就快說，不然這種一箭三矢一發，你想說都來不及了。」

白愁飛長吸一口氣，道：「你去死吧！」

他這句話一說完，拓跋雲就死了。

被二十根箭、六十支矢活生生射死。

廿五　寂寞與不平

拓跋雲身材矮瘦，此刻突然「膨脹」了起來。

當一個人沾沾自喜，自鳴得意之時，也會自我「膨脹」起來，不過，那只是幻覺，是在心理上發生，並不在實際上出現。

拓跋雲的突然「膨脹」，是因爲他連中六十矢。

一個人中了那麼多支箭，任誰都會「膨脹」起來。

所以拓跋雲連倒都倒不下去，因爲箭桿抵住了地面，反而把他的屍首「撐」住了。

雷滾的眼睛立時發直。

同一霎間，本已收緊的「天羅地網」驟然張開，白愁飛向他飛撲了過來。雷滾搶身「玉蟒翻身」、揉身「黑虎捲尾」、掠身「黃龍轉身」、彈身「魚躍龍門」，四下身法，齊施並用，雙掌「倒轉陰陽」，雙腿「龍門三擊浪」，一面搶攻，一面搶道，邊打邊逃，逃了再說。

他這一招連環飛腿施展「龍門三擊浪」，看似強攻，實是飛退，只要敵人一旦搶進，這三踢就變成極爲凌厲的殺著，雷滾就憑這一招三式，有連殺五人傷四人共九名高手的紀錄。

何況他現在不求傷敵，只圖自保。

只要逃過對方的截擊，他就可以退到床上；只要退到床上，他就可以立時發動機關，讓他跌入祕道，及時逃出生天。

他踢出左腳，眼看要踢中白愁飛的前一剎那，已軟了下來。

白愁飛中指一戳，已是點中了他腿上的穴道，那一條腿，彷彿馬上跟他完全脫離關係。

可是雷滾還有右腿。

他右腿只差半寸，就要踢到白愁飛的胸膛，但白愁飛的中指，不偏不倚，不遲不早，也點中了他腿上的穴道，雷滾的右腿，立即也等於廢了。

兩條腿都不管用了，雷滾自然也踢不出第三腳來。

白愁飛可有第三指。

第三指就戳在他的「中極穴」上。

雷滾立即軟了，就像他雙腳一般，完全癱瘓了。

然後他才聽到白愁飛向剛剛新升任的九堂主趙鐵冷道：「薛西神，謝謝你。」

◇◇◇

雷滾本來已經癱瘓，可是乍聽到「薛西神」三個字，就完全崩潰了。

癱瘓，只是身體上的脆弱；崩潰，卻是心理上的放棄。

他已豁了出去，咬牙切齒地道：「趙鐵冷，你這個卑鄙小人！」

薛西神沉重地道：「不錯，趙鐵冷是個卑鄙小人！」

雷滾知道「趙鐵冷」已暴露身份，自知必被殺而滅口，故而恨聲道：「你背叛『六分半堂』，出賣雷總堂主，你不是人！」

薛西神道：「趙鐵冷的確不是人！他背叛『六分半堂』，有負雷損栽培，可是，我不是趙鐵冷，我是薛西神。」他昂然道：「薛西神是蘇公子的人，當然要忠於『金風細雨樓』。」

雷滾已完全絕望，只好道：「難怪你會通知我，應要小心提防，這兩天『金風細雨樓』的人會來殺我，原來要我入了你的甕，栽在這裡。」

薛西神道：「要不是這樣，我又怎能得到你的信任，負責在這兒佈防？如果你不是已小心防範，雷損怎會放心讓你來這裡荒唐？」

雷滾忿然道：「好，很好，好一個蘇夢枕，單憑他一個薛西神，就讓我上了大當！」

白愁飛忽道：「也讓我上了當。」

薛西神道：「哦？」

白愁飛道：「真正執行任務的，是你，而不是我，我只是負責來自投羅網，你才是這任務的主角。」

薛西神冷冷沉沉地道：「有兩件事你要明白。」

白愁飛道：「你說。」

「第一，要是沒有你，我就不會得手，所以，我們這個任務，沒有主角、配角之分；」薛西神語重心長的道：「其次，如果蘇公子讓一個才結識一天的人，就可以完全取代相處多年的老部屬，而且由他獨力執行重任，他還會不會當這位新主人是一個可以相隨千年不覺遠、相伴十年不覺長的人呢？」

白愁飛的表情好像是今天才第一次看見薛西神一樣：在他印象裡，薛西神是一個爲達目的、不擇手段的人，可是，他現在終於發現，薛西神在某方面是一個極堅持原則、矢志不移的人。

他的「原則」就是忠於蘇夢枕。

白愁飛道：「有的。」說著點了點頭。

薛西神奇道：「什麼有的？」

白愁飛倦倦的一笑道：「原來忠、義二字，在江湖上，還是存在的。」

薛西神笑得有些無奈：「我們堅信它有，它就有；如果認定它沒有，至少，心裡會更不好過。」

白愁飛向癱在地上的雷滾瞄了一眼，「就不知道他有沒有？」

雷滾怒道：「大丈夫寧死不受辱，你殺了我吧！」

薛西神非常認真的問：「你想死？」

雷滾楞了一楞，他不知道自己居然還有機會選擇。

薛西神似是惋惜的道：「他真的想死，那我也沒有辦法了。」

白愁飛嘆道：「真可惜，一個人活下來該多好，才二十來歲，如果不死，起碼還有四十年的光景，可以享受……」

薛西神搖頭道：「唉，單是他的妻妾，至少可以讓三十個男人享盡艷福，他的財富，可使六十個人享盡榮華，他自己卻空擲一身本領，躺在冷冷的黃土中。」

白愁飛無奈地道：「那也沒法子了。人求速死，誰能讓他活下去？」

雷滾終於忍不住了。

他的汗如豆大，不住的淌落下來。

他不知道自己竟然可以不死，他一旦發現自己還有活命的機會的時候，剛才的勇色豪情，一下子都被抽空了，他現在反而沒有感覺到癱瘓，不覺得崩潰，而是恐懼：

怕死。

怕是奇妙的感覺，一旦開始感到害怕，就會越來越害怕了。

他咬著下唇，已咬出血來，但上排牙齒隔著唇肉，依然跟下排牙齒磕出聲音來。

薛西神不忍地道：「看來，他是只想全忠，我們只好下手了。」

白愁飛辭讓道：「還是由你來動手好了。」

薛西神慎重地道：「我只好讓他死得痛快一點，不那麼痛苦一些——」

雷滾終於忍不住。

他叫了起來：「等一等！」

兩人停了手，微笑望著他。

雷滾遇到他這一生裡最大的決定，牙齒打著顫，終於下定決心，大聲問：「如果我要活下去，有什麼代價!?」

「每個人活下去，都要付出代價，」薛西神鐵一般地道：「有些人付出的較爲慘重，有的人卻輕鬆得很。不過，無論我們要你付出什麼代價，我們都有辦法不讓你反悔，你信不信？」

雷滾的汗滴當真是滾滾而下，「我信！」

白愁飛忽道：「這二十個人，不會有問題？」

「他們都是我的親信，」薛西神道：「正如我是蘇公子的親信一樣。一個人連他的親信都不信任，那等於是不信任他自己。」

他反過來問白愁飛：「雷嬌是不是肯定暈過去了？」

白愁飛充滿自信的道：「在兩個時辰之內，你就算在她耳邊敲鑼打鼓，她也絕不會聽到。」他傲然道：「雷捲用的是『失神指』，而我施的是『驚神指』，『驚神指』的威力，絕對要在『失神指』之上，這點你萬萬不可忘記。」

「我當然不會忘記，」他說話有點像金鐵交鳴：「我是薛西神，同時也不希望你的『驚神指』，有一天會用來對付我們『四大神煞』。」

「但願不會，」白愁飛眉一剔，一笑道：「因爲對付你們『四大神煞』，是一件很可怕的事。」

他頓了頓，語音也似刀鋒：「不過，也是件最有挑戰的事。」

◇◇◇◇◇

有很多人，天生下來就喜歡冒險，他們更喜歡刺激，騎最快的馬，下最大的賭注，到最熱的地方，吃最辣的菜，殺最難殺的人。

這些事對他們而言，無疑充滿了挑戰性。

他們喜歡面對挑戰。

因爲他們喜歡向自己挑戰。

王小石不是。

他不是去挑戰。

他想去玩。

◇◇◇

雷恨是一個憤怒的人，他聽說過，所以想去激怒他，看他究竟有多憤怒！

雷恨是一個惹不得的人，他知道了，所以想去招惹他，看他到底有多難惹！

雷恨是一個武功「沒有破綻」的人，他明白了，所以想去跟他動手，看一個武功上沒有破綻的人究竟是怎麼回事？

除了利益與必須之外，有些人做事，只是爲了寂寞。一個人寂寞，就會做一些使他自己比較能夠不寂寞的事，所以一個人不管做什麼事，只要是因爲「寂寞」，對他自己而言就是可以成立的理由。

因爲寂寞有時候，比死還可怕。

有些人做事，卻是因爲不平，不平是一種志氣，路見不平、拔刀相助的人，可能過得很熱鬧，就算他一無所利，而且絕對不必要去挺身而出，可是只要因爲「不平」，他就有理由去做一些打抱不平的事。

因爲不平有時候，比求生的意志還強烈。

不過王小石不只爲了寂寞，也不只爲了不平，他除了是爲蘇夢枕去「找」雷恨外，他還爲了好玩。

好玩是人類的天性，當一個人不好玩的時候，生命力也開始衰退，所以兒童最好玩，而老人家渴望求得生命力，也有不少「返老還童」，好玩起來。

不過這種好玩，只是夕陽無限好的迴光。

◇◇◇

雷恨是個一點都不好玩的人。

王小石找到他的時候，他正在發洩著他的恨意。

他發洩恨意的方法，是撞牆。

他當然不會是用身子去撞牆，他既不是牛，也不是大象，他是雷恨，所以他用左掌右拳，遙擊在牆上，以牆上反擊掌風拳勁之力，來互盪迴激，形成一股越來越大的勁氣，而他人就在勁氣之中，四面圍牆之內。

他的人在四面圍牆的中央，身子絕不觸及圍牆。

他的掌風拳勁，互相撞擊、激盪、抵消，但絕不擊倒圍牆，卻從四面八方，擊向他自己。

每當有拳勁襲來，他便以掌風相抵；每有掌風劈至，他便以拳勁反挫。如是者，在三丈寬長的空地裡，佈滿了無可宣洩裂濤驚雷也似的勁氣。

雷恨就藉此練功。

他絕不肯浪費他的「恨」意。

他在四面圍牆之內，借恨意練功。

他名氣大、地位高、武功好，誰敢惹他？但他還是勤加練功，從來不放過任何可以練功的機會。

——一個人成功，只有三個條件：一是他有才分，包括聰明；一是他勤奮，肯下苦功；一是因爲他幸運，能有機會。

——但一個人能有卓越的成就，必定三者俱有才成。

雷恨有天分，肯下苦功，而他又是雷家的親信，所以他的「五雷轟頂」，是雷門子弟中練得最高的一個。

可惜還是不如雷動天的「五雷天心」。

所以他矢志要在武功上趕過雷動天。

他可不敢跟總堂主雷損爭強鬥勝，但與老二雷動天爭鋒，他還是有這個野心的。

——要逾越強者，就得痛下苦功，這是最直接而又最有效的辦法。

雷恨一邊在四面高牆中練「震山雷」心法，一面懷恨著昨天的事。

一想到昨天眼見蘇夢枕而不能出手，他就恨得牙癢癢的。

他心頭一發狠，就忍不住要殺人。

他今晨已殺了三個人。

這三個人，一個是「迷天七聖」的叛將，一個是出賣「六分半堂」的弟子，一個是洛陽城「妙手堂」派過來的奸細。

今天早上，在他第一次心頭痛恨之際，便把「妙手堂」的奸細抓來，置於四面圍牆的中心，他一發拳掌，勁氣迴盪，他不斷發拳吐勁，活生生的把那人震得五臟離位，吐血身亡。

在他心中第二次恨意激起之時，他把「迷天七聖」的叛徒抓來，同樣置於場中，拳勁吐捲，那人竟被勁風狂飆撕裂得膚裂肌斷，他對他功力的進步，感到滿意。

到了第三次大怒之時，就叫人把「六分半堂」的叛逆抓來，吐勁發力，掌力迴盪，拳風激捲，那人竟被無形勁氣撕裂了嘴唇，直裂到兩鬢上去，連眼珠子也突飛了出來，鮮血迸射，慘不忍睹。

雷恨更覺得滿意。

他還想試一次，他一天總要恨箇五、六次才平息。

還有一個受押待死的人，正是「金風細雨樓」的門徒。

對付敵人最好的辦法是：給他消恨。

所以他先把牆內的餘勁抵消，再拍了拍手掌：

「敵人」馬上就會被推進來，給他作爲「試驗」，他決定要這個「敵人」死得比前三個更過癮些。

雷根這個人一點都不好玩。
他喜歡過癮。
拿別人的性命來過他自己的癮。

廿六 過癮與好玩

給他「過癮」的人走了進來。

雷恨全身立即又被恨意所充滿。

來的人顯然不是他本來叫人預備好的「敵人」，因爲他是自己走進來的，而且，這個人他曾見過，就在昨天三合樓前，這人曾與蘇夢枕一道出現。

——這是個真正的「敵人」。

——從來到這裡給他「過癮」的敵人，莫不是被「推」甚至「拖」進來的，因爲那些「人」全都被嚇得「不成人形」。

雷恨一見這個人臉上笑嘻嘻的，立時恨得牙癢癢，不過，他並沒有衝動到立即出手的地步，恨和衝動畢竟是不一樣的，恨往往能把意志和力量集中，衝動卻常只是意志和力量的浪費。

故此，他雖然是恨極了，但還是很沉著的問：「你是來送死的？」

「對，」王小石笑得很愉快：「我是來送你死的，你的手下都不肯把我推進來，我只好把他們推倒，再自己走了進來。」

這人能夠潛入自己練功的地方，把自己八名得意弟子制住，而自己仍全無所覺，此人武功之高，可想而知。雷恨心裡聳然，外表卻不動聲色：「你來殺我？」

王小石道：「是。」

雷恨道：「我們有仇？」

王小石道：「沒有。」

雷恨道：「有怨？」

「沒有，」王小石很快地答道：「但卻有恨。」

雷恨奇道：「恨？」

「因為你叫做雷恨，而我一向喜歡看人恨，更喜歡看你恨人的樣子，」王小石笑瞇瞇的道：「你知道嗎？你恨起來的樣子，就好像一頭豬，穿了紅褲子，卻把豬頭當成了猴屁股……」

雷恨怒吼——他已不能再忍。

他的恨意已全被激發。

在這一刻間，他決意要眼前的這個人，徹徹底底的消失，連一塊肉、一根骨頭都不許剩！

他一出手，就發出了「震山雷」！

◇◇◇

雷恨右拳揮擊，左掌推出！

王小石急退，一面策思以左手化解他的右拳，右手招架他的左掌。

可是四臂未接，王小石已驚覺到雷勁並非自雷恨的右拳左掌襲來，而是自雙手之間醞釀，驟然如排山倒海，萬濤裂壑地湧捲了過來！

王小石陡地一展腰，伸手往後一抓，竟自身後的牆上，挖了一方磚石，往雷恨和他身前一格。

「轟」地一聲，磚石粉碎。

碎得似粉末一般。

雷恨的「震山雷」威力之鉅，已到了和炸藥的威力一樣！

不過，這威力已被引發。

這巨大的威力，卻只把一塊磚頭炸得四分五裂。

雷恨更恨。

王小石不退反進，似要乘他之虛而入。

雷恨大喝一聲，一拳一掌，又攻了出去。

拳起雷生，掌出雷行。

王小石竟然不閃不避，左袖子一兜一罩竟套住雷勁。袖子登時脹得像大鼓一般，但他的右袖子也立時橫甩了出去！

就甩在東面牆上！

「轟」地一聲，牆崩磚破。

王小石雙袖都萎了下去，但他的人卻安然無損。

他已把雷恨的「震山雷」，轉注入那面石牆裡，這種功力已接近傳說中的失傳江湖多年的「移花接木神功」！

雷恨一雷爲王小石所破，另一雷又爲王小石所轉注；他恨得七孔生煙，眼睛紅得似要噴血一般，第三雷又告發出！

這一雷的聲勢，要比前二雷更可怕，甚至比前面二雷合起來的聲威，還要可怕一些。

無疑雷恨已恨極。

他已全力出手。

王小石見機不妙，似想飛掠，但雷已擊中他的胸膛。

王小石整個人被震飛出去，背撞在西面牆上，然後他像一條魚般的滑下地面來，身姿美妙得像一隻翩翩的白鷗，而且依然臉露笑容，

他身後的牆已經轟然倒塌。

雷恨的額上已冒出了汗珠。

他連施三雷，已感吃力。

看來，王小石的確要比他想像中難應付，而且，還難應付得很多很多。

不過雷恨平生遇上越難對付的人物，越發激起他的鬥志。

他立刻發出他的成名絕技：

「五雷轟頂」。

雷恨發出了這一記「五雷轟頂」，連他自己都忍不住讚羨自己的這一招，使得完美無缺，神定氣足，在連發三記「震山雷」、功力大爲耗損後，這一記「五雷轟頂」的威力，不但沒有絲毫減損，而且殺傷力更強大七倍，不多不少，正好七倍！

「五雷轟頂」不比「震山雷」，「震山雷」隔空遙劈，對方或還可以借物傳雷，導引雷勁外洩，但「五雷轟頂」直劈門頂，對方一經中殛，除四分五裂、骨碎肌焦外，沒有任何活路。

就在他一擊遞出之時，王小石突然揮起、搶到、猛進、閃身、探手、急取。

雷恨知道對方許是瀕死掙扎，略一側身，「五雷轟頂」已轟了下去。

王小石右手背貼著頭髮，掌心朝天，五指迸合．左手已抓到雷恨一角衣襟，「嘶」地撕了下來。

雷恨才不管那一角衣襟。

他只要把王小石震死。

他的「五雷轟頂」已發了出去。

發得完美無缺。

◇◇◇

雷就殛在王小石頭上。

王小石頭上有手。右手。

雷就迸發在他的手心裡。

「啵」的一聲，王小石左手的一角布帛碎裂，成千萬條絲綿，飄震散飛。

王小石仍然站著。

他沒有事，只不過臉上變了一變，然後立即又回復了正常。

雷恨的得意絕技「五雷轟頂」，難道就只震碎了來自他衫尾的一角布帛？

雷恨的臉色變了，變得不是恨，而是驚。

驚和恨是不一樣的，恨是仇，驚是怕，在江湖上走動過的人，幾曾聽過雷恨

「怕」過什麼人來，「怕」過什麼事情來？

可是雷恨的確是在「驚」，驚惶的驚。

◇◇◇◇◇◇

王小石看看指上突然消失的布條，忍不住伸了伸舌頭讚道：「好厲害，布絮也能以剛力震碎，確見高明！」

他在稱讚雷恨。

可是在雷恨耳中聽來，比摑他耳光令他還難受百倍！

這簡直比被諷刺還要難堪！

聽王小石的語氣，好像他並不是在跟雷恨決一死戰，而只不過是試探一下雷恨的成名絕技，到底是怎麼一回事？究竟高到什麼程度？然後他知道了，見識過了，居然還發出了讚美，就好像是一位老師對他門生的作文好壞作出評價一般。

王小石笑嘻嘻的看著他的臉色，笑嘻嘻的問：「怎麼？還有沒有威力更強大的招式？」

「有。」

這句話不是雷恨說的。

這句話一說完，同時發生了兩種變化：

一是雷恨的臉色與眼色。

他的臉色不但回復了正常，而且簡直神氣極了，他看王小石的眼神，就像是看一個死人一般。

二是北面那棟牆突然倒塌。

倒塌之後，出現了三個人。

◇◇◇

這三個人中，王小石倒有兩人是見過的，一個就是在陰雨廢墟裡朝過相的豆子婆婆，一個便是在破板門攻守時交過手的魯三箭！

但說話的並不是他們兩人。

王小石的注意力也不在他們身上。

而是第三人的身上。

有這第三人在，彷彿就輪不到豆子婆婆和三箭將軍說話。

第三個人是一個枯乾、瘦小、全身沒有一塊纍肉的中年人。

看他瘦成這個樣子，彷彿風都能把他吹起，但仔細看去，他每一塊肉都像是鐵砌鋼鑄的，每一條肌肉都緊緊貼在骨骼上，只要一加發動，就會產生出極可怕和最驚人的力量。

王小石見了他之後，便長吁了一口氣，「如果我沒有猜錯，你就是『六分半堂』的二堂主雷動天。」

然後頓了頓，又無精打采地道：「但願我猜錯。」他當然希望猜錯，因為雷動天來了，加上雷恨和三箭將軍及豆子婆婆，四人合擊，就算蘇夢枕親至，也未必能應付得來。

那瘦得清瞿的中年人眼裡已露出一種悲憫之色，望著他悲天憫人的道：「我真希望你猜錯。」

然後他也頓了頓，說：「可惜你沒有猜錯。」他們四人已形成包圍，而且包圍已漸漸收攏。

看來他們已在這兒等了很久。

他們就像是一張網，正等魚兒入網。

王小石就是他們眼中的「魚」。

這張網彷彿連雷恨也事未先知，所以他乍然發現這張網，也驚了一陣，喜了一陣，然後因爲多年的默契之故，他也立即加進了行動，成爲四面的網中之一面。

他守的是南面。

南面仍有一棟牆。這是最易守之地。誰要飛過這棟牆，他都可以把對方至少殺死十一次。

王小石左看看，右看看，前看看，後看看，居然跟雷動天說了一句對雷動天而言，絕對是驚人的話：「你是個很好玩的人。你比他好玩。」他指了指雷恨，「可惜我沒有時間跟你玩，而他也沒有時間再玩下去。」

雷動天愕然。

他看來只有三十歲不到，其實，已經五十二歲了。

他一直都保養得很好，生活也很節制，武功也從沒有放下，隨著他的地位日益增高，聲望日隆，他的武功只有練得更勤，而他的人似乎到了三十歲之後，便不曾再老。

但像他這麼一個瘦子，在武林中的份量，只怕要比十個門派的掌門人加起來都還要重上一些。

所以像今天王小石對他說的這種話，他可以說是很少聽到過，很久沒有聽到過了。

王小石似乎沒有把他當作是勁敵。

而是當作玩伴。

——普天之下，有誰敢把雷動天當作是「玩伴」的？

◇◇◇

王小石一說完那句話，便已出手。

他向雷恨出手，他的手已按在劍柄下。

雷恨急退，他知道二哥必會攔住王小石的。

三箭將軍一箭射向王小石背後。

豆子婆婆的破衣已向王小石兜頭罩去。

三箭將軍的箭，明明是射向王小石的後心，半空突然一折，釘向王小石的後腦，而且箭尖突然彈出了兩片尖鏃，變成了一箭三鏃，疾取王小石的腦後！

豆子婆婆的破衣袍，當天曾暗算過蘇夢枕的得力手下沃夫子，只要一沾上這件「無命天衣」：沾上手，爛的是臉；沾上臉，爛的是心。

所以豆子婆婆每次在施用這件「無命天衣」的時候，自己戴了六層手套，其中三層還罩上手臂，生怕沾上一些，連自己也吃不消。

豆子婆婆是「六分半堂」的七堂主，魯三箭是十堂主，這兩人一齊施展他們的成名絕技，自然都是殺手和殺著。

王小石就是他們所要殺的人。

大敵當前，王小石再也無法選擇。

他唯有拔劍。

王小石終於拔劍。

誰都沒有見過王小石拔劍。

誰都知道他有一柄劍，劍柄如彎月，但誰都不知道他怎麼使用這一柄怪劍。

這是什麼劍？

不是劍。

是刀。

彎刀。

王小石拔的是劍，怎麼會成了刀？

——那把劍柄，不是真的劍柄，而是一把刀，彎如女子修眉的小彎刀。

小小的彎刀。

精緻的彎刀。

刀光驚艷般的亮起，如流星自長空劃過。

彎刀把箭桿兜住，箭尖頂著天衣，王小石把刀勢一送，箭和破衣，各向三箭將軍和豆子婆婆飛去。

這可嚇壞了豆子婆婆和魯三箭，慌忙退避。

雷恨也嚇住了。

他對王小石輕易接下他的「震山雷」和「五雷轟頂」，當然印象猶新，記憶猶深，當時王小石還沒有拔劍。

如今王小石要亮兵器了，而且還全身撲向他，顯然是困獸之鬥，拚命一擊，不由雷恨不驚心。

他一面應付，一面速退。

他背後是牆。

他背抵牆上，已無退路。

但他臉上的神情，是不驚反喜。

因為他看見雷動天已截上了王小石。

正在這個時候，他突然覺得胸口多了一截東西。

帶血的劍尖。

他先是駭異，然後是奇怪，接著是恐懼，之後是痛楚，最後是大叫了一聲！

◇◇◇

雷動天正要向王小石發出驚天動地的一擊之際，也驀地瞥見了在雷恨胸口突出來的那一截帶血的劍尖。

——劍尖有血，劍是木劍。

——劍自雷恨胸膛穿出！

——看來雷恨是活不了的了！

——原來南牆後還有勁敵！

雷動天心神一亂，王小石立即奪路而退！

——任務已達成！

——功成就要身退！

——再不身退就要死無葬身之地！

——他的任務本就是把雷恨逼到南牆，蘇夢枕說過：「郭東神自然會解決他。」這句話說的時候，連白愁飛也不在場。

這是蘇夢枕的佈局。

——至於郭東神是誰？他也不知。但眼見這郭東神以一柄木劍，先穿牆再刺穿雷恨的胸膛，發而無聲，擊而必殺，這種手段堪稱神出鬼沒，防不勝防！

王小石的身子本正向雷恨逼去，現在卻像一顆飛石般，向後彈起，急拔而去。

雷動天雖然分神，但他的「五雷天心」，仍及時向王小石發了出去。

王小石一看這「五雷天心」的聲勢，就知道他今天不能不被逼做一件事了：

他只好真的拔劍。

◇◇◇

他剛才拔的是刀。

劍柄上的小巧彎刀。

現在拔的才是劍。

——劍若無柄，如何拔劍？

廿七 拔劍

能。

劍仍是劍，沒有柄的劍也是劍。

王小石的劍，柄是刀，劍本身沒有柄。

這道理就跟沒有尾巴的猴子仍是猴子，沒有頭髮的人也是人一樣，我們不能說不結果的樹就不是樹。

王小石拔劍。

劍刺雷動天。

沒有人能形容這一劍。

用語言、用圖畫、用文字，都沒有辦法形容那一刺，因爲那不是快，也不是奇，更不是絕，亦不只是優美，而是這一切的結合，再加三分驚艷，三分瀟灑、三分惆悵、一分不可一世。

一種驚艷的、瀟灑的、惆悵的、而且還不可一世的劍法。

——是什麼樣的人，才能創造出這樣一套只應天上有、不應世間無的劍法？

——這究竟是劍法，還是仙法？

——是人間的劍，還是仙劍？

王小石拔劍出劍的同時，雷動天的「五雷天心」已發了出去。

兩人各換一招。

雷動天飛躍過牆，牆後已無人，只剩下一把木劍的柄，兀自搖晃。

劍身已刺入牆裡。

雷動天知道劍鋒已嵌在自己兄弟的胸膛裡，而下手的人去得還未遠，因爲劍柄仍有微溫。

但他卻不想追趕。

因爲他驚魂未定

他的衣衫，自腋下開始，已裂開一個大圈，由胸前至背心，橫切成兩段，只沒傷到肌膚。

他暗自驚懼的是：那笑嘻嘻的年輕人向他身前出劍，卻能將他背後的衣衫也劃破，這是哪一門子的劍法？

——如果自己不是有「大雷神法」護身，這一劍豈不是要了自己的命！

更可怕的是，雷動天知道，以那年輕人的劍勢，如果能同時施展他手中小巧玲瓏的彎刀，向自己追擊，恐怕就連自己的「五雷天心」，也未必能剋制得住！

——這年輕人到底是誰？

——他練的是什麼劍法？

——他使的是什麼刀法？

——究竟是什麼人在牆後，居然在自己和一眾高手的伏擊下，仍能輕易地殺了雷恨，然後從容地逃去？

雷動天覺得心頭如同吞了塊沉甸甸的鉛鐵，這是他出道成名以來，前所未有的感覺。

——「六分半堂」有這樣的敵手，恐怕得要重估敵人的陣容了！

——「金風細雨樓」有這樣的強助，實在不容忽視！

◇◇◇

雷動天正在這樣疑懼的時候，王小石也覺得心驚肉跳。

雷動天那一擊，確令人心驚膽戰。

他奔出十里開外，才發現有一片衣衫落了下來。

那是一片剛好是一個手掌形狀的衣衫，完全焦灼，自胸膛落下，而他左額的邊地、驛馬處，脫落了好一些頭髮，好像被劍削去一樣，但卻要過了好一段時候，頭髮才忽然失去生機，像被雷殛過一般的掉落下來，使他左額頂少了一大片頭髮。

——好一記「五雷天心」！

更可驚的是雷動天並沒有專心全神的打出「五雷天心」。

那時候，雷動天已不得不分神。

王小石也正好覓準那一個絕好時機闖出去。

——如果是全力一擊，威力會不會更大？

王小石清清楚楚的知道自己的「銷魂劍法」，已斬中了對方，但對方竟有「大雷神功」護體，那一劍，竟傷不了雷動天！

——如果他同時施展「相思刀法」，也許可以克敵制勝，但若雷動天集中全力一擊，他又可否接得下對方的一記「五雷天心」？

所以王小石這般想著，不免也有些驚心。

——幸虧蘇夢枕策劃得好，否則自己真要墜入「六分半堂」四大高手的合擊裡，只怕絕難全身而退。

——幸而在牆外的郭東神及時出手，殺了雷恨，使雷動天分神。

想到這裡，他不禁又好奇起來了：

——郭東神到底是誰？怎麼能神不知、鬼不覺的潛入「六分半堂」的重地裡，一擊得手？

他只覺得蘇夢枕安排的事情，除了他自己每一步每一記每一著每一圜節都洞若視火、透徹清楚之外，別人都如在五里霧中，像被一隻命運之手推動著，去面對和接受連自己都可能不知道是什麼的挑戰。

王小石當然沒忘記一件事。

——事成之後，立即趕去「三合樓」。

所以他立刻趕赴「三合樓」。

他要去赴這個約。

——這到底是個怎麼樣的約會？

◇◇◇

人生裡，總會有些約會，是你意想不到，而且也無法控制、無可預測的。

王小石卻只感到好奇、有趣，並沒有因而覺得沉重、負擔，因為他並沒有把成敗看得太重，把冒險看得太嚴重。

不把得失看得太重，對自己而言，總是件好事。放輕鬆點，但全力以赴，絕對是可以併行。

所以王小石一路行去，居然還有點心情，去觀看這條熱鬧的街上的熱鬧。

市肆上有一個老人、一位少女正在賣藝，那老人臉上的滄桑，眼裡流露出對少女的關注，那少女微笑時的風情，髮上青巾裊動時的風姿，王小石就想：單只這個情景，這對江湖賣解的父女，就足夠令人寫一部書，來描述他們的遭遇和身世……

何況，還有那些剛把一頂奢豪大轎子置放在大宅石獅子前的四名中年轎夫：如果說他們只是中年，但他們彎折的腰脊和常年經受日曬雨淋的皮膚，令人不敢相信這不是年老的乞丐；但他們赤膊上身的肌肉，又顯得紮實有力，跟年輕人並沒有什麼兩樣。

也許，在江湖上掙飯吃的窮哈哈兒，都有副強勁的體魄，但充滿滄桑的心靈。

市肆依然熱鬧，賣針線的小開跟一個打扮得花枝招展的小丫鬟正在打情罵俏，一個穿紅戴綠、穿金戴銀、還鑲著幾顆金牙的闊太太，正在罵她那個一向被寵壞了所以不聽話的小孩子，不該滿街亂跑，跟這些窮人沾在一起。一名家丁正在替公子哥兒的主人卸下馬鞍，另一名正在清洗下馬石。

賣雞的正在跟買雞的講價錢，大概忘了那些竹籠裡的土雞、竹絲雞、山雞並不同意，所以咯咯的亂叫得分外厲害，跟馬房裡的馬匹，因飼料不甚滿意，也長嘶起來，交織成一片。

那個臉肉橫生、敞開肚皮、露出一叢叢黑毛的豬肉佬，顯然十分不滿意那個又乾又瘦提著個大菜籃、籃裡盡是在菜攤裡趁人不覺撈上一把莞茜、蔥、子羌的胖婦人，不住的跟他討價還價。他想不賣了，也不想賣了，因爲他和他的豬肉都是有尊嚴的，不想那麼賤價就把它賣出去，所以瞪著眼睛用豬肉刀把豬骨肉敲得登格價響，想嚇唬那個胖太太；偏偏胖太太一點也不怕，一副應付他這種人已司空見慣、視作家常的樣子，依舊挺著胸翹著屁股，跟他殺價不休。

王小石覺得很好玩。

他一面行去三合樓，一面想出個好玩的點子：如果在市肆中的這些人，都如一位武俠前輩的武林紀事裡所記述事件一般，忽然全變成了經過嚴格訓練的殺手，來對付自己，那自己會怎樣呢？

他這樣想著，就覺得很好玩。

連對那個蹲在地上坐著小磚賣蓮子百合紅豆沙的老婆婆和小姑娘，都覺得很好玩。

還有對那個在三合樓下，嗅著酒味就起饞流口水的小乞丐，也覺得極好玩。

更好玩的是三合樓下，在飯堂裡，有一個人。

酒樓裡當然有人，一點也不出奇。

沒有人的酒樓便不能維持了，對酒樓飯館而言，自是人越多越好。

酒樓裡的客人不是人，那才是奇事。

這個人當然也是個人。

只不過，這個人，在王小石一眼看去的感覺，便不感覺得他是個人。

——不是人，而是飯桶。

◇◇◇

這個人的桌上，已吃了三十一個海碗的飯，三十一個空碗，堆在一起，已疊得比人頭還高。

但這人還在吃飯。

只吃飯，沒有菜。

他桌子上還擺著十七碗飯。

看那人吃飯吃得不亦樂乎，不亦快哉，只羨吃飯不羨仙的樣子，彷彿這眼前的飯，是顏如玉，是黃金屋，不但香噴噴，而且熱辣辣，簡直接近活色生香了！

也不知他是不喜歡吃菜，還是因爲飯叫得太多，所以叫不起菜，他只吃飯，不吃菜，彷彿這些盛在不同碗裡的飯，就是他的山珍海味、美妙佳餚。

不但沒有菜，同時也沒有酒。

這種顧客，店家當然不甚歡迎。

因爲只要客人叫上幾道菜餚，便可以名正言順的收他收得油潤一些，如果客人問起，店家可以說，這道菜色是特別的，因爲下了點鮑絲、魚翅、羚羊肉還有什麼的，這些珍貴的配料，正合乎客人的身份。

客人這般一聽，多半就含著支牙籤，負著雙手怪滿意的離開，也忘了去回味一下，剛才菜餚裡是不是真的有吃到這幾道「珍餚」。

不過，你對只叫白飯的人，除了按碗算賬，又有什麼辦法「榨取」他的銀子？何況，一個人連菜也叫不起，光吃飯，又怎能期盼他會付出可觀的小賬？

通常，很多人在看不見銀子的時候，也看不見人了，所以，這個又胖又黑又可愛的「飯桶」，伸手、揚手、幾乎要手舞足蹈、振臂高呼，店小二都似視而不見，不肯去爲他加菜添飯。

——店小二也難得有此「特權」，「奉旨」對客人不瞅不睬：事關掌櫃和店家，對這樣光吃飯不點菜的「客人」，也一向談不上「歡迎」。

那位胖嘟嘟的客人只好「貴客自理」。可是，看他對吃飯的樣子，不但對碗中的剩飯流露出尊敬的神情，簡直是對這粒粒的白飯有一種衷心的虔誠，他必定把碗裡的最後一粒飯也吃淨，把筷子一撮，撥入嘴裡，咕嚕一聲吞下肚，瞪著眼愣了一會，似是爲飯粒哀悼已落入了他的胃墓裡，又似是在回味飯下肚的美妙，隔了一陣子，才左手捧碗，右手持筷，再吃第二碗飯，完全自得其樂、樂在其中的樣子。

——這彷佛就似是痴於劍的人，對待他的劍；也像痴於畫的人，對待他的畫一般。

只不過這人眼前的，不是劍和畫筆。

只是飯。

王小石笑了。

他覺得這人不能算是個「飯桶」。

最多不過是個「米缸」。

因爲他又在揚手叫飯。

這次店小二不能再不理他了。

因爲他已成爲了「奇蹟」。

——一個人能吃得下這麼多飯而不被脹死，絕對要算是個「奇蹟」。

人們對待付不起菜錢的人和一個「奇蹟」，總是會有些分別的。

所以店小二馬上送來了五碗飯。

因爲這位圓眼睛、圓鼻子、圓臉、圓耳、圓嘴巴，連眉毛都是圓的（肚子和身材當然更加圓了）的客人，一上來就已經說定：「每加一次飯，以五碗計算。」看來，這位「客人」，當一碗「飯」不是「飯」。

——至少要五碗，才能算是「有東西下肚」。

王小石覺得這人很好玩，幾乎要比他自己還要好玩的時候，突然遇上了襲擊。

狙擊他的不是那江湖賣解的父女，也不是賣針線的小開和小丫鬟，不是公子哥兒，不是小孩，不是轎夫，不是闊太太，也不是胖婦人，更不是賣豬肉和賣雞的，不是洗馬卸鞍的家丁，也不是討酒喝的乞丐和賣糖水的祖孫，而是三個不相干、毫不起眼的人。

因爲這三個人太不相干、太不起眼了，任誰經過，都不會注意到他們。

他們實在太平凡了。

他們只是三個行人。

三名過路人。

一個穿淡灰色的衣服，一個穿深灰色的長衫，一個穿灰得發白的袍子，從三個不同的方向，因爲不同而十分正常的事故和目的，向王小石走了過來，就在離王小石身前三尺距離的時候，猝然間，同時出手！

一出手就是殺手！

這三下殺手，把王小石的退路都封絕。

王小石既無退路，也來不及招架。

這三人的出手，不但一點都不平凡，就算是洛陽精研各家各派的武術名家劉是之和顧佛影見了，也得禁不住叫一聲：「好！」

◇◇◇

王小石就脫口叫了一聲：「好！」

他乍逢那麼精采的殺著，一時也忘了是攻向自己，竟成了評鑒者，失聲叫好。

——不過好歸好，一個人要是失去了性命，那就不好得很，甚至也沒有什麼好不好了。

他也是在敵人出手的剎那間，才知道對方是「敵人」，而且正在「出手」。

通常，在這種時候，先機盡失，要閃躲、封架，都已來不及了：高手間的對敵，「先機」本來就是決定性的關鍵。

王小石不能退。

三面遇敵，有時比四面受敵更可怕——因爲敵人留給你的那一面「退路」，很可能就是「死路」。

王小石也不想硬拚。

因爲街上行人太多，王小石不肯也不忍傷及無辜。

——俠道與魔道之拚，俠道往往失利，多是因爲魔道可以不擇手段、不顧道義，而俠道不能罔顧道義，因而諸多掣肘。

不過王小石卻自有他應付的方法。

他沖天而起。

廿八　刀還是劍？

他沖霄而起。

他身法之快和妙、瀟脫和優美使人群裡全「嘩」了一聲。

他再落下來的時候，已在丈外，落到一個在市肆道旁打草鞋老人的身邊。

他早已把距離算好，這樣一來，他大可有充分的時間去應付那三個灰衣人的攻擊。

不料，他人才落地，一個白衣人已到了他的身前，幾乎就跟他面對面的站著。

王小石這才在心裡吃了一驚。

他只好拔劍。

剛才，那三名灰衣人同時出手乍然狙擊，他仍可不拔劍，可是這白衣人才閃現，他便知道非要拔劍不可了。

——他這次拔的是刀，還是劍？

沒有拔。

因爲白衣人即道：「是我。」

王小石笑了。

來人是白愁飛。

再看人叢裡的三名灰衣人，全都倒在地上。白愁飛的「驚神指」，在他們第二擊還未發出之前，已讓他們失去了發招的能力。

既然來的是白愁飛，王小石當然便不拔劍了。

可是白愁飛的臉容卻充滿了惋惜。

他低聲道：「我來的時候，只說『是我』，並沒有叫你『別動手』，你爲何不拔劍？」

王小石微笑道：「既然是你，又何需拔劍？」

「你不拔劍，我便一直沒有機會領教你的劍招；」白愁飛望定他道：「這是一件極爲可惜的事情，我不想讓這個遺憾繼續下去。」

王小石道：「我從來不對朋友拔劍的。」

白愁飛道：「你拔劍的時候，可以不當我是朋友。」

「你不只是我的朋友，而且還是我的兄弟，」王小石堅持而堅定的道：「一位大俠曾說過：『一朝是兄弟，一生是手足。』只有王八蛋龜孫子才對自己的兄弟背後下毒手、身前拔刀劍。」

白愁飛特地望了他一眼，道：「早知道如此，我等我們交過手後才跟你結義。」

王小石淡淡地道：「交過手後，恐怕就不一定能結義了。」

白愁飛冷笑道：「你輸不起？」

王小石搖頭。

白愁飛有點忿怒地道：「你怕我輸？」

王小石還是搖頭。

「不是輸得起輸不起的問題，也不是誰贏誰輸的事，只怕我們一動手，不止定勝負，還判生死，」他道：「死人怎能跟活人結義？」

白愁飛這才恢復了微笑：「也許是兩個死人一齊到陰曹地府去結義。」

就在他們說話的時候，場中又發生了一些事。

幾個官差似的人物，沉默而沉著、完全不動聲色地把地上那三名灰衣人押走，卻並不走過來向白愁飛和王小石查問。

街上的人又恢復了熱鬧，熙來攘往，人們照舊營營汲汲，也還有小部份的人忍不住向王小石和白愁飛投來狐疑的目光，有的仰慕，有的敬畏，但很快的又因手邊上忙著活兒而不再留意他倆。

在大城裡、大街上所發生的事情，就像一葉孤舟被海浪吞噬一般，才不過一陣子，就漣漪都不剩。

人在時間之流裡也豈非如此？

既然如此，什麼豐功偉業，什麼蓋世功名，與歷史的長河相比，宇宙的浩淼相較，豈不如滄海一粟、微弱無依？不過，人在世間卻不惜互相傾軋、分毫不讓，來攫取一些可悲復可憐的「成就」？

——可是，你難道能為了存在的渺小，而放棄盡一己之力、不再努力麼？

不能。

千古功過唯一笑，即是流螢也燃燈。這句自擬的詩，便是王小石的想法。

——白愁飛的看法呢？

◇◇◇

不知道白愁飛有什麼看法，但他卻看見白愁飛在看著一個人。

一個無論站到哪裡、跟什麼人站在一起，都能夠顯得鶴立雞群的人。

甚至這人生下來的時候，也比別人高大豪壯，笑的時候要比人發怒還威武。

這個人，正負手寬步，走向三合樓。

他只是隨意邁步，但整個街子裡的人們，都忍不住看他，忙著幹活的苦哈哈，看了他一眼，竟似忘了自己背上的重擔；替主人餵馬的少年家丁，看見了這個人，覺得自己神威凜凜，變成了馬上的主人；銖錙必較、暗扣秤頭的小販們，忽瞥見了這個人，就像蒼蠅被蜜糖吸引，竟忘了找還碎錢；街上的女孩子，看見了這個人，就想起了自己夜夜在夢中出現的情人，彷彿正如眼前的人，雄姿英發，目光這回像蒼蠅黏上了蜜汁；而小孩子看見了這位豪邁威風的大哥哥，幻想將來也要長得跟他一般英挺好看。心裡邪的人不敢對他正視，性直的人看了也自形穢陋，而這個人本身，像心知肚明人人都在注視他似的，大搖大擺的走過大街，走向三合樓。

敢情是那大漢太過引人注目，街上的人才忘了再看王小石和白愁飛，而將注意力都集中在大漢的身上。那個人走過的時候，有一輛馬車，本來正急急趕路，趕車的人抖控轡繩，正縱勒閃避街上的行人，但忽瞥見路上橫過這麼一位高大威猛的人，給他側睨一眼，只覺藍電也似的眼神射來，如同遭了一殛，一失神下，眼看馬車就要踐踏上一個正在路心傻楞楞地看著這威武大漢的幼童！

那高大威猛的大漢從容的橫跨一步，一手按住馬頭，馬車就戛然而止，趕車的人幾乎被陡然的急止挫飛出車外，大漢的另一隻大手，卻似老鷹捉小雞般的，把小孩子揪到路旁，並溫和的告誡他道：「小孩子，以後要是沒大人帶著，不許滿街亂跑。」那小孩子早就已嚇楞了、看唬了，趕車的人也呆在轡上，連馬也不敢亂奔亂竄了。那大漢說完這句話後，又繼續走向三合樓。每一步隨隨便便邁出，都似常人四步之寬；每一步都龍行虎跨，像跨一步就在地上烙刻了個鐵印章一般。

王小石因白愁飛注目而望去。

他比白愁飛看得遲一些，所以始終未曾看清楚那大漢的臉貌。

那名大漢走入了店門。

一時間，店裡的夥計都當他爲上賓，連店裡的客人都自形猥陋，自覺比這人低上三級，巴不得吃飽就走，不敢與此人平起平坐。

世間懂得看人內心的人，一向不多，但識得看人衣飾的人，所在多有。單憑這大漢身上穿的似絲非絲、似緞非緞、既有棉布之暖而又兼得綢布之涼爽的布料，明而顯之是敦煌道上「家和堂」的貴重貨色，單只這件衣料，可能就要比自己家裡所有衣服加起來都昂貴一些，所以就算不看那名大漢的堂堂相貌，心裡也早就矮了一截。

一大截。

夥計當這名「貴賓」蒞臨，是無上的光榮，忙把雅座騰出，座位向陽，遠江近街，夥計更招呼殷勤，捧巾奉茶的一如許多酒樓茶居，把名人、京官千方百計的請來作「活招牌」一般——連這樣出色的人都入咱這家店來，足見這家店子是如何的高尙，怎樣的與眾不同了！

所以難怪有人認爲：上館子不再是爲了吃好菜，而是爲了「吃名氣」；穿衣服不再是爲了保暖，而是爲了「顯氣派」。

可能是因爲這個緣故吧！那胖嘟嘟的「飯桶」忽然嘆了一口氣，道：「人人幹活，都是爲了吃飯充饑，怎麼現在的人，都光吃菜而不吃飯？」他喝了一口茶又道：「何況現在連菜都不是拿來吃了，只拿來看，酒也不是拿來喝的，卻拿來光浪費、搞排場。」

這時候，那名大漢剛叫了一罈子高粱。

他一手提著酒罈口往嘴裡就倒，一半倒在嘴裡，另一半自嘴邊溢出，弄濕了衫子，他倒一點也沒有在意，豪態依然。

可是，那「飯桶」這麼一說，分明是針對他而發言。

那大漢愣了一愣。

店裡的人都知道不好了，心裡暗忖：那「飯桶」不自量力，竟敢得罪那名氣宇非凡的猛漢，肯定會有苦頭吃了。

果然那猛漢放下了酒罈。

他緩緩的轉頭，望向那「飯桶」。

他一跨入三合樓的時候，就知道三合樓這底層裡裡外外只要是活著的人，不管是掌櫃還是夥計、客人還是乞丐，都看著他，只有一個人是例外。

——便是這個吃飯的人

廿九 飯桶與豬

他打從一進店門，就注意這個只埋首吃飯的人。

原因他很清楚，很少人「敢」不看他，「能」不看他，「可以」不看他。

可是他也看不見這「飯桶」。

因爲這吃飯的人已被飯碗擋住。

總共有五十五個空碗，就堆在那人的桌上，分配排堆放，完全遮住了那人的頭臉，也不知他是怎麼吃的，也不知他還是不是仍在吃著？

現在那猛漢扭過頭去看他，依然看不見他，只看見碗，以及聽見扒飯和吃飯的聲音。

那猛漢笑了。

他笑著問那夥計：「什麼聲音？」

那小眉小眼的夥計一呆，道：「客官，您說什麼？」

猛漢笑道：「你聽這是什麼聲音？」

夥計實在不知他指的是哪一種聲音，因爲街市、酒樓，什麼聲音都有，交織出一片人間的樂譜，所以也不知如何回答。

那威猛大漢卻道：「你聽不見麼？那是豬吃飯的聲音。」

那店夥立知大漢的話是針對那胖嘟嘟的客人而發的，只敢點頭，不敢相應。

不料那「飯桶」卻應道：「不對不對。」然後又說：「錯了錯了。」

威猛大漢對夥計笑道：「你這次該聽清楚了吧？豬不止會吃飯，還會說人話呢！」

「飯桶」卻認真的道：「豬吃的不是飯，飯是給人吃的，怎麼你連這點都不懂，難道腦袋兒生得跟豬一樣？」

威武大漢冷笑道：「閣下說話，最好放尊重一些。」

「飯桶」只說：「人對人應該要尊重，人對牛不妨彈琴，人對豬嘛，只秤秤看份量夠不夠重，不必尊重。」

威猛大漢臉色一變，尋常人一看，只見他煞氣肅然，早已嚇得雙腿打顫，只聽他沉聲道：「你在說我？」

「飯桶」道：「不，我在說豬。」

威武大漢再也按捺不住，大手往桌上一拍，怒叱：「你再說一次！」「轟」的一聲，桌子上的酒罈子碎裂，酒濺灑一地，更可怕的是他那一聲喝，猶如在各人耳畔打了一道雷，震得人人耳裡都嗡嗡不已，待定過神來後，店裡的客人全都在這兩人還沒打起來前，悄悄的結賬開溜。

那「飯桶」卻好聲好氣的說了一句：「唉！豬生氣，酒糟蹋，可惜啊可惜，真是牛嚼牡丹，不辨花草！」

威武大漢忍無可忍，長身站了起來。

桌上的酒罈子已碎，王小石這才看清楚他的神容：

只見他，頭髮和鬍子，全交纏在一起，分不清脈胳，但黑而不亂，光潔有力，雙肩如兩把黑色鬮刀，大目有神，藍電似光射數尺，突頷豐頸，額角崢嶸，鼻寬伏犀，錦服華袍，熊背蜂腰，一站起來，尋常人只及他胸腹間，身上的肌骨硬朗結實，似樹根結痂，蟠賁空露，十指屈伸間，發出如炒栗子時的輕爆之聲，太陽穴高高鼓起，頰斜青筋，跟手背上的靜脈一般蠕動如蚓，神態凶惡，但依然有一股華貴的氣派，如霸王再世，叱吒即起風雲。

好一條漢子！

王小石不禁暗喝了一聲來：

——好一個天神般的壯漢！

◇◇◇

那大漢大步踱向「飯桶」，一步一雷霆。

——那「飯桶」不知在飯碗之後做什麼？大概是仍在吃飯吧？

威武大漢一字一句地道：「我不打弱者。你只要跟我道歉，我便饒了你這遭。」

「飯桶」大概還扒了幾口飯，才道：「我為什麼要向豬道歉？」然後他立即補充：「不過，這麼巨大的豬，通常都不是豬，而是叫做：牛。」

威武大漢大吼一聲，一掌拍在「飯桶」的飯桌上。

他剛才隨意一拍桌子，桌上的碗筷立即像爆豆子般跳了起來，而且上好「裕泰隆堂」的酒罈子立即碎了。

更何況他現在是在盛怒下拍桌子。

店夥、奉茶、跑堂、廚子、伙頭、掌櫃、老闆……這酒樓裡的人全都在耽心一件事情。

那桌上的碗。

他們有時也會打碎碗碟，但像今天這種五十五個空碗一齊碎裂的情形，只怕也空前絕後，難逢難遇。

他們幾乎已「聽到」這五十五只碗同時碎裂的聲音

◇◇◇

碗沒有碎。

就在那長相堂皇威武的巨漢大手和捏著的兩只鐵膽就要拍在桌面上的剎那，那「飯桶」兩手一分，五十五隻碗，連同他剛吃完的那一個空碗，各分廿八隻，全成兩條直線，溜托在雙腕上，一眨眼間，又全疊成一線，就頂在他的頭上。

五十六隻空碗，疊起來最上面的一隻碗剛好可以觸及二樓的地板。

「飯桶」用頭這樣頂著，一點也不覺辛苦，神情輕鬆自如，彷彿那不是碗，而是他另一隻手，只不過長在他的頭頂上。

店裡店外的人，全都看得呆住了。

連威武大漢也直了眼。

王小石忽然想起一個人。

——一個在傳聞中的人。

就在這時，那威武大漢已叫了出來：「你是『飯王』，你是張炭！」

◇◇◇

江湖上，飯量好、胃口佳的人當然不少，幾經艱苦、流血流汗，才不過爲了三餐，只要有得吃、還能吃，誰都希望能大吃特吃、痛痛快快的吃、盡情盡興的吃。

不過，像這樣一口氣吃了五十六碗飯的人，還是十分罕見——沒有人能一口氣吃五十六碗飯，這飯他到底是吃去哪裡了？

能一口氣吃下五十多碗飯，而又能把「吃飯的傢伙」當作戲法一般來舞弄的人，可就更少了——大部分的人，都是吃完了飯，不要碗！

如果有這樣尊重碗和飯的人，那麼肯定只有一個。

——這個人據說能把米飯當即消化，一面吃飯，一面修練他的「反反神功」。

那就是「飯王」張炭。

◇◇◇

「飯桶」笑道：「我是張炭，也是『飯王』，在米飯面前，除了我，誰也不能稱王。」

「吃飯是人生大事，也是我的事業；」張炭胖嘟嘟的臉龐正經八百時更可愛，「我一向敬業樂業。就像劍手痴於劍一般，我痴於飯。」

那神威巨漢忍不住道：「閣下既然是張炭，你可知道我是誰？」

「我只知道你有個朋友，叫做方恨少，『書到用時方恨少』的方恨少。」張炭依然頭頂著五十六個碗，手裡還捧著盛著白飯的碗，穩若泰山：「方恨少好吊書袋，可惜讀過便忘，讀得越多，忘得越多，他越愛充有學問，可惜總是用錯典故、說錯成語、予人笑柄。」

他怪有趣的望著那威猛大漢，道：「你知道我為什麼會記得方恨少這個人麼？」

威武大漢冷哼道：「因為他跟你一般蠢！」

「不。因為他跟我一樣，充饑都有癖好。我喜歡吃飯，多多吃飯，多多益善，又省又慳，而且正氣堂堂。修練內家功力的人，最好多吃飯，少吃雜菜，更不宜大魚大肉。我吃飯，很講究，哪裡的米才夠乾淨，哪裡的米算得上完整，什麼米和什麼米摻合一起煮，才夠味兒，什麼樣的米和什麼樣的米，是摻都不能摻，有一些米和另一些米，是要在不同的火候下才能摻雜著吃，這才算真正的吃米吃飯。燒飯不只是講究幾碗水，而是講究幾分水，多一分則太濕，少一分則太乾。飯不能太軟，也不可太硬。但硬有硬吃，軟就軟吃，稀飯和粥，應是一例。用什麼煲煮飯？用什麼鍋燒飯？以什麼鑊炒飯？以什麼勻拌飯？甚至用什麼柴、什麼薪、什麼炭、什麼灶、什麼火候燒飯，連同燒飯的時分和禁忌，都要講究。」張炭嘆道：「人人天天吃飯，但對吃飯，可謂毫無研究，一無所知，倒花功夫在菜譜上，真是愚昧可笑。」

威武大漢忽然道：「我知道了。」

張炭冷瞄一眼，道：「你能知道什麼？」

高大漢子道：「你喜歡吃飯，小方則喜歡吃蛋。」他提起方恨少，似是無限追迴，又恨又愛，「那小兔崽子就愛吃蛋，滷的、煎的、炒的、煮的、燙的、滾的、生的、熟的、半生不熟的、孵了一半小雞雞的、剛生下來還熱暖暖的。總之，數之不盡，還講究各種各類的吃法，看來，他把蛋當作是他自己生的一樣。」

「對，應該講究，下多少鹽，醮不醮糖、用什麼醬油、切多少蔥薑，全要考慮，我也把飯當作是自己種的一般。」張炭驕傲地道：「所以，他是『蛋王』，我是『飯王』。」

大漢嗤笑道：「所以你們一個是笨蛋，一個是飯桶。」

這次輪到張炭惱怒起來，登時烏了顏臉：「你說什麼？」

巨漢道：「你若不是飯桶，怎麼只知方恨少，不知我神勇威武天下無敵宇內第一寂寞高手刀槍不入唯我獨尊玉面郎君唐寶牛的名號呢？」

張炭聽了老半天，爲之撓舌不下，好一會才能說道：「麻煩你——煩您再說一遍？」

大漢果真臉有得色，面不改容的說了下去：「我就是神勇威武天下無敵宇內第一寂寞高手刀槍不入唯我獨尊玉面郎君唐前輩寶牛大俠是也。」這次他在百忙中居然還能及時加上「前輩」和「大俠」四字。

張炭登時忍俊不住，爲之捧腹。

他捧腹歸捧腹，頭頂上的碗，顫得登格價響，看得店夥心癢癢，瞧得掌櫃牙嘶嘶，但就是不墜落下來。

唐寶牛可生氣了，他虎吼道：「你笑什麼！？有什麼好笑的！？」

張炭笑得上氣不接下氣地道：「如果你早一點說，我就吃不下飯了。」

「你實在擅於自我宣傳，真虧你想得出這種名號來！」他笑得全身發軟，但仍不忘了補充一句：「看到你這種寶貝，誰能吃得下飯？」

唐寶牛怒得全身發抖。

他怒得震抖的時候，就像橡實爆裂的時節，滿山滿野都溢滿著「卜卜」的聲響。

現在當然不是在山野間。

而是在酒樓裡。

外面街市喧囂的聲音，竟都遮掩不住這自骨骼裡爆出的聲響。

張炭一聽是這種聲音，也不笑了。

他知道唐寶牛真的生氣了。

而且就要出手。

全力的出手。

——當然不只是他知道，只要一見唐寶牛這種神情，誰都知道他要出手對付張炭，而且一旦出手，還是勢無所匹的殺手，人人都不禁爲那有一張圓臉的張炭耽憂起來。

不管店裡店外的人，都在注視這一觸即發的場面。

有的人在想，這威猛巨漢會不會打死那小胖子？有的人在想，這回可有熱鬧瞧了！有的人卻仍在想，那小胖子吃了那麼多碗飯，會不會經打一些呢？也有人在想：那小胖子吞得下這麼多飯，縱不被打死，也要脹死了。

人人想法可能不同，但全都在留意張炭和唐寶牛一觸即發的場面。

王小石卻不是。

因爲他發現有一道人影，就在這時候，趁大家不注意，已轉上了樓角，掠上了二樓，自撐開的臨街列窗穿了過去，比燕子還快，比柳絲還輕，而且還有些眼熟。

他正想告訴白愁飛，白愁飛卻已出現在二樓簷瓦上，閃到背向的屋脊後，似是注意二樓裡發生的事，一面還向他招了招手。

王小石立即騰身過去。

他也十分小心。

光天化日、眾目睽睽下，他也不想被滿街的人發覺：有人正在屋頂上穿樑越脊。

◇◇◇

王小石掩到了白愁飛的身旁，只不過是頃刻間的功夫，卻剛好看見，白愁飛臉上所流露出來的詫異之色。

白愁飛的訝異，是因爲他看到天窗裡面的情景。

——白愁飛一上了屋頂，開始並沒有馬上觀察樓裡的情景，先讓自己定一定神，隨即又想起，昨日與蘇夢枕上來三合樓跟狄飛驚對峙的時候，雷損很可能就站在自己現在所立之處。

雷損是「六分半堂」的總堂主。

如果是在十年前，他可以說是京城第一大幫的幫主，除了天子之外，他可以說是在民間擁有最大實力的人。

白愁飛這時的感覺很奇特。

他為這種感覺而眩了一眩，然後才看落樓裡的情形。

他一看，就看到五個女子。

有一個女子，環珮水袖，鳳釵雲鬟，顯然是閨秀小姐，其餘還有四名丫鬟，手裡都亮著短劍。

那四名丫鬟，從上面看下去，長得都似乎眉目娟好，那小姐卻背向著他，遙遙坐在向江流的那一面，從白愁飛的角度，是無法看清她的容顏。

令白愁飛震訝的，不是這五個女子。

偌大的酒樓當中，除了這五名女子，還有一名女子。

穿著棗紅色鑲邊滾繡的疾裝勁服，卻有一張似笑非笑、宜嗔宜喜、桃花春風的笑臉！

白愁飛看第一眼，感到熟悉。

再看時已感到親切。

緊接著下來，是一陣無由的喜悅，幾乎要叫出聲來：溫柔。

◇◇◇

她當然就是溫柔。

若不是溫柔，還有誰能這般宜嗔宜喜？

若不是溫柔，有誰能一張俏臉，便教桃花笑盡了春風？

如果不是溫柔，又有誰能將英氣化作繞指柔？

白愁飛未看見溫柔之前，已感覺得溫柔，所以他不是驚、也沒有喜。

像某些江湖人，在人世的旅驛裡，已習慣無驚無喜了。

只有初戀的人，才易驚易喜易受傷。

白愁飛詫異的不是見到溫柔，而是詫異爲何自己看見溫柔會感到驚喜。

——爲什麼呢？

——當日不是他把溫柔氣走的嗎？

溫柔還是溫柔，白愁飛還是白愁飛。

但在三合樓的樓頂，此刻的白愁飛，俯身瞥見盈盈女子一溫柔，一向傲岸冷淡的白愁飛，心中竟有了一絲溫柔的感覺。

這時候，王小石已來到了他的身旁，並看見了他臉上的詫異之色。

故此，他也往下看去。

他也看見溫柔。

以及溫柔的刀。

◇◇◇

可知道什麼才是溫柔的刀？

——彷彿是初燃的燈影。

——好像是處子的眼波。
——依稀是情人的美靨。
——猶似是落花墜樓人。

卅 是愛？還是恨？

刀溫柔。

人呢？

◇◇◇

人兇。

溫柔亮出了刀，刀光映著俏臉，俏臉很兇，至少，溫柔希望她自己夠兇，希望人家都知道她很兇。她知道，身為一個闖蕩江湖、刀頭上舐血的女俠，不兇是不行的。

所以她叱道：「雷媚，妳這臭西瓜，不要臉，趁本小姐剛進京城，沒有防備，就用卑鄙手段偷了本姑娘的刀鞘，妳再要不還回來，我我我一刀就就就……」想說幾句狠話，卻沒說成。

白愁飛和王小石一聽，都禁不住啞然失笑。

他們想笑，是因爲聽出來，敢情溫柔大概一進京就著了雷媚的道兒，被盜去了刀鞘，溫柔當然感到不忿氣，可是雷媚盜去她的刀鞘做什麼？這倒耐人尋味。

另外令他們發噱的是溫柔罵人的話：罵人爲「臭西瓜」，真不知這位大小姐是怎麼學來的！

雷媚依然背向溫柔，沒有相應。

四名丫鬟，都對溫柔怒目而視。

王小石發現這四位小丫鬟的眼睛都很漂亮：有的像珠子、有的像水靈、有的像露雨、有的像星星，比起溫柔一雙多情的瞇瞇眼，相映成趣。

他忽然發現溫柔爲何怎樣都兇不來了。

因爲那是一雙桃花眼，無論怎麼瞪眼，都因不夠大而不夠兇。

他因爲自己這個發現而好笑起來。

正在這時候，他忽然聽到雷媚說了一句話。

雷媚依然沒有轉身。

她這句話是背向溫柔說的。

那是一句平凡的話。

「爲什麼蘇公子要派妳來？」她悠悠一嘆說：「他怎麼放心讓妳來？」

這是一句很溫和的話，語氣更讓人感到可親和溫馨。

可是這句話一說，不但王小石吃了一驚，白愁飛也臉上變色，就連溫柔，也嚇了一大跳。

她這次一雙桃花眼，可睜得最大了，仍是靈瞇瞇、眼角勾勾的，忍不住叫道：「是妳，是妳！怎會是妳！？」

那麗人這才緩緩轉身，微笑道：「是我，是我，怎會不是我？」她一回轉身，眼睛眨了眨，她身旁的四雙大眼睛，彷彿全只剩下她那一對深邃而清靈的眸子，像一個驚喜的夢。

倒只有溫柔那一雙彎月似的瞇瞇眼，還能跟這一對教人心醉、窒息的黑眸子互襯輝映。

溫柔一見她，忍不住高興的掠了過去，一面急道：「妳溜到哪兒去了？我找妳，我想妳，我們都在找妳，哎呀找得我們好苦，脾氣都找僵了。真好妳早發聲說話，不然我就要出手了，我一刀砍下去，嘿嘿，我自己都把握不住生死，要是砍錯了妳怎麼辦？我還以爲妳是雷媚那臭冬瓜呢！」

她一口氣說個不停，不了解她的人，準聽個「八」頭霧水，不知所云，而且，她只顧著敘舊，往前就掠了過去，卻忘了那四名丫鬟本存敵意，以爲她來意不善，她的身形一動，四柄劍就攔了過去。

溫柔恰好樂極忘形了，沒有注意到眼前這四柄劍。

四名丫鬟也沒料到溫柔竟連這四記意在攔截並非傷人的劍招都接不下來，劍招已發，收勢已無及。

那位麗人「啊」了一聲，口裡道：「不可傷人。」但她不會武功，不能及時制止，說時遲，那時快，四劍已戳刺向溫柔，溫柔眼裡只有那麗人，忘了眼前有劍、手中有刀，這四劍雖不致命，但也要溫柔負傷！

正在這個時候，猛地樓梯口冒出一個鬢髮連腮直糾結在一起的大頭顱，猛地一聲暴喝：「住手！」

這一下，不但宛若春雷，簡直是平地驚雷，二樓的桌、椅、柱、樑、瓦、椽，連杯、碗、筷、碟，乃至刀、劍齊鳴，四名婢女如著焦雷，失心喪魂，四劍交錯，

「叮叮叮」地互交在一起。

溫柔哇地叫了一聲，掩住耳朵，那大漢正是唐寶牛，一步五個梯級，已上了樓，看著溫柔咧著嘴巴笑。溫柔跺足氣叱道：「你這個雷公！吵死人了你！」

那麗人也被這一聲大喝，震白了臉，用手掩著心口，好一會才能說話：「溫女俠是我的好友，妳們怎能傷她！」四名婢僕都知罪低下了頭。

這時，一人一溜煙的「飄」了上來，正是那位皮膚黑黝但人圓圓滾滾的青年，可怪的是，他手中居然還各扣了廿八隻空碗，聯在一起，他雙手托著兩排空碗，腳不沾地似的上了樓，就像手裡拎著兩根輕竹竿一般牢靠。

這人當然就是「飯王」張炭。

張炭一上來就狠狠的瞪了唐寶牛一眼，唐寶牛呵呵笑道：「你上來得倒挺俐落的。」

張炭忙不迭向麗人赧然分辯道：「這個人一點武林規矩都不懂，明說要跟我交手，才虛晃了兩下子，他就突然往樓上衝，我……一時失著，沒想到他這般不按章法，沒把他攔住——」

麗人微微笑著，溫和地道：「那也不能怪你。」

王小石和白愁飛一聽，就知道原來在自己上屋頂來的時候，張炭和唐寶牛已在樓下交過手了，而這名張炭似是隸屬於麗人麾下，唐寶牛卻是跟溫柔同一夥的人。

這些都不免使白愁飛和王小石有太大的震愕。

最令他們震驚的是：

那位本來應該是「雷媚」的麗人，竟然就是一個他們常常想起、時時記起的人：

田純！

◇◇◇

田純還是那麼美。

眼瞳還是那麼烏靈若夢，眉宇間還是有一股掩映不住的悒色，髮還是柔順如黑色的天河，笑起來的時候還是像花開迎風、月入歌扇。

只不過，她笑中的愁色，卻似是更濃烈了。

溫柔已迫不及待的問道：「怎會是妳？妳怎會在這裡？」

田純巧眄了唐寶牛一眼，說：「這是妳的朋友？」這一問，無疑等於把溫柔的問話全卸去不答。

溫柔卻絲毫未覺，「他叫唐寶牛，妳別看他粗魯，人卻很好的。我在探查『青帝門』血案時結識他，還有一位方恨少，還有沈虎禪……」說到這些人，她的眼神就奮悅了起來，臉頰也微微發紅。

田純憐惜地道：「妳入江湖雖……不算太久，但結識的好朋友，倒是不少。可是蘇公子怎會派妳來這兒？」

溫柔道：「他沒派我呀！」她水仙葉子一般的手指，往唐寶牛就是一指，差點沒戳在唐寶牛的大鼻子上，唐寶牛忙一歪脖，躲了過去，「師兄才沒叫我！」溫柔氣嘟嘟的說：「我在城裡遇見他，一併抓他到樓裡，師兄看見他一副閒來無事、懷才不遇的樣子，就叫他到這裡來，對付一個叫雷媚的，怎會是妳!?」

田純眼裡閃過一星恍悟：「難怪，他怎會讓妳涉險！」

溫柔皺眉道：「吓！妳說什麼？」

田純道：「蘇公子派這位唐先生來抓雷媚，妳卻偷偷跟了來，是不是？」

唐寶牛咧嘴笑道：「叫我唐寶牛就可以，不必叫我唐先生，我生平最怕就是虛文客套的。」

田純向唐寶牛瞟了一眼，笑道：「我跟閣下並不怎麼熟，怎能直呼你的姓名？」

唐寶牛瞪目道：「這有什麼不可以！」

田純笑道：「閣下雖沒有什麼不便，我是婦道人家，總是要拘點俗禮呀！」

唐寶牛傻兮兮地道：「說的也是。」

田純道：「所以，如果我不叫你唐先生，難道叫你唐小姐嗎？」

唐寶牛搔了老半天頭，忙說：「不能，不能。」又笑嘻嘻的道：「不如，妳叫我做唐公子，或者唐大俠，那也可以。」他補充道：「不過，真正了解我為人的人，都叫我做『唐巨俠』。」

田純道：「唐巨俠？」

唐寶牛道：「對。巨俠是大俠中的大俠，叫我唐巨俠最恰當，我也會勉為其難當仁不讓的接受的。」

田純笑了，她身邊的丫鬟也忍不住掩嘴：「唐巨俠真是個風趣的人。」

溫柔滿不甘心的道：「因此我才說師兄不懂得用人！」

她這句話一說，無疑十分驚人，把一個名滿天下的領袖，獨撐「金風細雨樓」大局的蘇夢枕，輕描淡寫的說成「不懂得用人」，大概也只有溫柔才說得出口。

溫柔的神色卻泰然自若，好像剛吃了一塊豆腐一樣正常：「他派唐寶牛來，不如派我來，所以我才叫唐寶牛在樓下鬧事，我卻神不知、鬼不覺的溜上樓來了。」

溫柔說的時候，還非常得意。

在屋頂上的王小石和白愁飛，一齊在心裡想通了一件事：

——蘇夢枕說過：派去對付「另外一個人」，是個「很好玩的人」，至少，也是個「很有趣的人」。

白愁飛和王小石都承認蘇夢枕說的很對。

——無論溫柔還是唐寶牛，都稱得上是「很好玩」或「很有趣」的人。

◇◇◇◇◇◇

溫柔這樣躊躇滿志的一說，那張炭就忍不住道：「所以田姑娘才要我應付樓下的滋事者，她獨力來對付從窗口溜進來的人。」

溫柔不知有沒有聽出他話裡的譏刺，卻沒有生氣，因爲她又記起了那個問題：「田純，怎麼妳會在這裡？雷媚呢？」

田純靜靜看了溫柔一眼，然後用一種平靜的語調說：「在我回答妳這個問題之前，我想先請教妳一個問題。」

溫柔好高興的說：「妳請教吧！有什麼事，儘管向我請教好了。」

田純道：「這次『金風細雨樓』上三合樓，只派妳和唐巨俠來？」

溫柔道：「我只派唐寶牛來。」

田純道：「那就好辦了。」

溫柔奇道：「什麼好辦了？」

田純揚聲而平閒地道：「屋頂上的朋友，你們也應該亮相了。」

◇◇◇

——一個不會武功的女子，怎會知道他們就在屋頂之上？

不過，到這時候，縱再尷尬，他們也不得不現身「亮相」。

他們這一亮相，倒是使田純和溫柔全都一愣。

溫柔哇地跳了起來，「飛」了過去，給了白愁飛一拳，竟一把抱住了王小石，喜孜孜的說：「你來了，你也來了，你們都來了。」

白愁飛笑了，笑意帶些兒慘淡。

王小石卻紅了臉，訕訕然說不出話來。

溫柔這才覺察，忙放開了手，卻先一步飛紅了臉。

白愁飛和田純相視一笑。

白愁飛原以爲自己心裡，會很介意田純不告而別，會懷有恨意的，可是這一照面，就這麼一笑，卻不記得曾有什麼恨意，連忿意也冰消了。

王小石和溫柔仍羞紅了臉。

白愁飛只好向田純道：「雷姑娘。」

田純露出編貝似的皓齒一笑：「白公子，王少俠。」

王小石這才記起要說的話：「田純，妳騙得我們好苦！」他手指著白愁飛：「尤其是他，爲妳神不守舍、神魂顛倒、魂飛天外、魂飛魄散……」他大概蓄意爲自己遮羞，所以特別誇張。

白愁飛怒道：「你說什麼！」伸手給王小石一個鑿，忙解釋道：「我是對溫女俠深感抱憾，那次在江畔的話，確是我出言衝撞，害得王老三惶惶然終日，如喪家之犬，茶飯不思，寢食難安，淚濕青衫，汗濕枕頭……」

王小石怪叫道：「你說什麼!?」擈肩給白愁飛一個包肘！

溫柔笑嘻嘻地道：「哈！你這個鬼，今日居然也良心發現，向本姑娘致歉？」

田純笑道：「他們正在鬼打鬼哩！」

溫柔什麼都沒聽出來，倒是問道：「噯！他們爲什麼叫妳做『雷姑娘』？妳不是姓田嗎？」

田純平靜地道：「我確是姓雷，不是姓田。」

這下可是王小石發問了：「可是我們所見過的雷媚，不是妳啊！」

雷純奇道：「誰說我是雷媚？」

王小石詫道：「妳不是雷媚？」

白愁飛正色道：「那妳是誰？」

張炭長聲道：「她是我們『六分半堂』總堂主的掌上明珠，雷純雷大小姐。」

王小石在這頃刻間想起了許多事情：

如果田純就是雷純，而雷純就是雷損的獨女，雷損與蘇夢枕是死敵，雷損所主持的「六分半堂」和蘇夢枕領導的「金風細雨樓」又是敵對，蘇夢枕是自己和白愁飛的結義大哥，那麼，眼前的雷純：是敵？還是友？這是第一點。

據他觀察：白愁飛對雷純夢魂牽繫，但雷純卻要嫁給蘇夢枕，以緩和兩派的衝突，白愁飛現在心裡的感受，是愛？還是恨？這是第二點。

要是今天在三合樓的是雷純，而不是雷媚，蘇夢枕爲什麼派他兩人來？是弄錯了？或是巧合？還是別有用意？雷純爲什麼會出現在三合樓上？是雷損的意思、還是她個人的意旨？溫柔又爲何要淌上這趟渾水？……王小石越想越擰、越想越亂。

可是，在這眾多思慮當中，有一個意念卻是特別清晰的：

那就是白愁飛的心情。

是以他馬上打哈哈說：「原來是雷大小姐，失敬失敬，沒想到我們在漢水江畔，得遇雷大小姐，跟『六分半堂』結緣，早知如此，我們當真還不敢貿然出手。」

雷純道：「你們現在也是『金風細雨樓』的新貴呢！」她在跟王小石說話，眼睛卻望向白愁飛。

王小石笑道：「妳的消息果然靈通。」

「像這樣的大事，『六分半堂』怎會不知道呢？」雷純幽幽一嘆道：「其實我一直都注意著你們的行蹤，只希望你們能早日離開京城。」

白愁飛冷哼一聲。

王小石趕忙說：「雷大小姐覺得我們不適合留在京城嗎？」

雷純道：「這是個是非之地。」

白愁飛冷然道：「我們從不怕是非。」

雷純道：「也是個血腥的所在。」

白愁飛道：「我最喜歡的就是有是非和血腥的地方，那比較有人味。」

雷純道：「那也由得你。只不過，任何一個人，想在此地揚名立萬，名成利就，都要先付出代價，然後腐化，逐漸失去原來面目，成為一個無奈的江湖人。」

白愁飛道：「我本來就是江湖人。」

雷純道：「你們原來不是的……你們還有一些東西……不是的。」

白愁飛冷笑道：「不管是與不是，我們總算已加入『金風細雨樓』，蘇大哥會重用我們，跟貴幫對抗，妳當然不想我們留在這裡。」

雷純嘆了一口氣：「隨得你怎樣說，隨得你怎樣想……我總覺得你們不該留在這裡，因為付出的代價太大了，太不值得了。」

白愁飛道：「妳是當年京城第一大幫幫主的獨生女兒，也即將是目下京師第一大幫幫主的夫人，當然有資格說不值得，我們只是赤手空拳闖蕩的江湖人，便說不出這種話來。」

他頓了頓，又道：「我最不想說的只是：我們怎麼這般不自量力，竟去漢水舟上救妳，眼巴巴的自己入了甕。」

雷純不免也有些慍色：「你們救我，我很感激，那不是陷阱，沒有你們，我便不會活在這裡。如果我要利用你們，為什麼要偷偷溜走？我大可力勸你們加盟『六分半堂』。」

白愁飛倒忽然冷靜了下來：「就算妳沒有要我們墮入陷阱，妳還是騙了我們。」

「我唯一騙你們的，只有我的身份。」雷純悠悠地道：「你們救我，不是因爲我的身份；我們交往，也不是因爲我的身份。對不對？」

溫柔忙大聲道：「對呀！」說著怒目白愁飛。

唐寶牛在一旁也附和著大聲道：「對啊！」

張炭見情勢有點僵，忙也道：「對極了！」

唐寶牛學溫柔看張炭的模樣，向張炭怒白了一眼，哼哼道：「人說你也說，跟屁蟲！」

張炭卻故意向窗外指去，他自己卻看也不看，只道：「你看！快下雨了。」

唐寶牛好奇，一面張望，一面問：「下雨？」

張炭笑道：「牛啊！街上有頭笨牛，剛剛還哼哼了一聲呢！牛在晴天呻吟，不是快下雨的徵兆嗎？」

張炭這麼一說，原本以爲唐寶牛會大爲震怒。

誰知卻沒有反應。

他倒覺得錯愕，回望卻見唐寶牛呆望街心、張口結舌。

張炭好奇，他也望向街中。

他也目瞪口呆。

◇◇◇

好好的一個清朗的早上，倒真的風雨欲來了！

因爲他們處身的所在，已不是原來的地方。

卅一　是敵？還是友？

如果你看過江湖術士表演「五鬼搬運大法」，你一定會對那些人憑空可以把一些「物體」運走，感到震異。

可是張炭和唐寶牛更加震異。

他們是在三合樓上。

三合樓是在街心。

這街道是城裡極熱鬧的所在。有江湖賣藝的父女，有街頭說書、街邊論相的江湖人，有剛想歇息的轎夫，還有買胭脂的闊太太，不聽話的小少爺，公子哥兒正在色瞇瞇的看路過的婦女，賣雞的、飼馬的、賣豬肉的全跟他的客人或主人加入了鬧市的喧囂，還有小乞丐跟老乞丐正在大唱蓮花落，連樓下飯館，也正忙得不可開交，張炭和唐寶牛剛才還在樓下爭持過，正要動手，唐寶牛不放心溫柔在樓上的情形，趁張炭一個不備，溜上樓來。

可是現在全都沒有了。

怎會「沒有了」呢？

◇◇◇

街還是原來的街。

樓還是原來的樓。

他們當然沒有被「移走」。

可是街上已無人。

靜悄悄的，街上半個人影兒都沒有，人人閉緊門戶，消失了人聲，連牲口都全躲了起來，整條街像成了個荒漠的世界。

詭異的世界。

鬼魅的街，甚至連天色都開始變黯。

——怎會這樣子的？

——人都到哪裡去了？

——發生了什麼事？

——有什麼事發生？

因爲解不開這些謎團，所以唐寶牛和張炭，一個楞住，一個怔住。

◇◇◇

王小石和白愁飛顯然都早已注意到，所以並沒有顯得驚奇。

白愁飛仍是堅持道：「我不是說妳向我們隱瞞身份的事。」

雷純不解：「那我還騙過你什麼？」

白愁飛道：「妳會武功，根本不必我們出手相救。」

雷純道：「我不會。」

白愁飛道：「妳會。」

雷純道：「我是不會。」

唐寶牛怪叫起來：「什麼會不會，偌大的街都飛掉了，還有什麼會不會！」

溫柔這才覺察，叫了一聲，大驚大怪的俯近窗前，奇道：「怎會這樣子？怎麼會這樣子的!?」

白愁飛逕自道：「妳會的。」

雷純道：「你憑什麼說我會？」

白愁飛道：「因爲剛才我們在屋頂，妳一聽就聽出來了。」

雷純笑了：「那是因爲我細心。」她要笑的時候，眼瞼下浮了起來，很是嬌麗可愛，「我聽到有兩聲微響，在屋頂上發出來。」

白愁飛愣了愣，道：「兩聲微響？」

王小石在一旁忙道：「對對對，我上得屋頂來，見下面是溫姑娘，步樁沉了沉，踏破了一角瓦片；你乍聽雷小姐開口，便左膝沾了椽子，可能弄出了些聲響。」

白愁飛冷哼一聲道：「那是我一時不小心罷了。」

王小石忙道：「那也是我一時大意。」

白愁飛道：「『七煞』中的者老大是妳下的手了？」

雷純道：「是我。」

王小石道：「難怪他死得那麼奇特了。」

雷純道：「我不想他洩露我的身份，而且，像他這種人，也死有餘辜。」

溫柔倒是聽了後半截，吐舌道：「嘩，假若妳要殺我們，豈不是很容易？我可沒防著妳啊！」

白愁飛冷冷地更正：「是殺妳容易，不是我們。」

雷純清笑道：「我又怎會殺你們呢？」她幽怨的道：「你們不殺我，已經很好的了。」

唐寶牛大叫道：「下雨了，下雨了。」

張炭沒好氣地道：「下雨有什麼好大驚小怪的！」

「還不值得驚怪？你腦袋長到拇指上啦！」唐寶牛指天篤地的說：「好好的天色，一大清早，就天昏地暗的，你說奇怪不奇怪！」

白愁飛卻向雷純道：「那干在江畔截殺妳的人，確是『迷天七聖』的手下？」

雷純道：「確是。」

白愁飛道：「爲什麼？」

「我要嫁給蘇夢枕。這件婚事一旦能成，『金風細雨樓』和『六分半堂』便有可能和解，這對迷天七聖而言，是件噩耗。」雷純說：「所以他們趁『金風細雨樓』和『六分半堂』正調撥大量實力互相牽制的縫隙，想把我擄劫，以牽制爹爹和蘇公子。」

白愁飛道：「『迷天七聖』不怕此舉反而引起『金風細雨樓』和『六分半堂』的不滿，而聯手對付他麼？」

雷純道：「『迷天七聖』深明利害，他看準在婚期未屆以前，『六分半堂』和『金風細雨樓』仍是互相對壘，不會捨棄成見、聯成一氣的。」

白愁飛譏誚地道：「對，在妳的魅力還沒有充分發揮以前，『六分半堂』和『金風細雨樓』仍是敵非友，所以『迷天七聖』先要毀掉妳。」

「其實就算我嫁給了蘇公子，恐怕也改變不了什麼。」雷純不理他語中的譏刺，只說：「雙雄不能並留，一山不容二虎，『金風細雨樓』和『六分半堂』的恩怨，難免還是要用血才能洗淸。」

她說到這裡，停了停，才道：「所以，我不希望你們介入這件事情中。」

白愁飛冷笑道：「妳錯了。」

他漫聲道：「這不只是妳的事情，也是我們的事情。」

雷純星眸裡正漾起一層不細心便難注意到的淚光，白愁飛已道：「我們不是爲了妳，而是爲了『金風細雨樓』。」

唐寶牛嘀咕道：「不管爲了什麼，現在都已天昏地暗、日月無光了，還討論爲來爲去都是爲了誰幹啥？」

王小石說：「就是爲了這天色，才說這些話。」

唐寶牛奇道：「天色跟這些你爲我，我爲你的事又有何干？」

「關係大得著呢！」王小石道：「你可知道，在江湖上，只有一個人出現時，連天色都要爲之變黯，風雲爲之變色，日月爲之無光，人們爲之肅淸嗎？」

唐寶牛道：「那還算是人嗎⁉」

張炭沉聲道：「是人。」

唐寶牛問：「什麼人？」

張炭神色凝重：「一個可怕的人。」

正在這時候，嘯的一聲，窗口掠過了一支箭。

又粗、又大、又黑、又霸道的巨箭。

◇◇◇

這種巨箭絕不常見。

箭身要比平常的箭粗六倍，箭翎用薄鋼片鑴造，箭鏃圓鈍，光是這支箭的份量，也比尋常的箭要重上九倍。

可是更詭異的是箭法。

這一箭，是自下而上，直射上天空的。

這一箭掠過窗前，是縱射而上，而非橫掠而過！

——難道這一箭射的不是鳥，而是天空上的飛鳥、白雲、甚或是神明!?

箭身在掠過窗前的剎那，噗的一聲，箭身又射出一支箭！

小箭！

巨箭是直射的，掠過窗前時，箭身才「爆」出另一支箭，橫射入三合樓的二樓，快、輕、疾、靈，比任何箭都輕靈、疾狠！

箭射向雷純！

白愁飛一聳肩，要去挾住來箭！

張炭一晃身，已到雷純身前，看他的樣子，是想以手中五十六個飯碗砸下這支小箭！

只有唐寶牛什麼都來不及做，只叫了一聲：「哎呀！」夾雜著溫柔「啊」的一聲。

雷純卻疾叱道：「不要搪！」話才出口，箭已落了下來。

這支來勢如此狠疾的小箭，竟射到離雷純七尺之遙，便自動落下。

王小石一手抄起箭矢。

雷純疾道：「請拿來。」

王小石發現箭肚上綁著一摺小紙條，忙遞給雷純，雷純解開一看，只見有幾個粗豪有力、劍氣縱橫的草字：

「七聖正撲三合樓」

下款畫了一條小河。

——小河正如大海、天空一般，是最難「畫」出來的「事物」，但這人草草幾筆，就把一條小河流水的形態勾勒了出來，至少已韻到意在，確然是個繪畫高手。

——「小河」代表了什麼？

——是人的名字？

——是組織的名號？

——是一句暗語？

——還是一句話？

王小石忽然想起，前些日子在洛陽城裡驚動一時的「殺楚」案，開始也是令人摸不著頭腦，究竟「殺楚」是什麼？

——可是「小河」又是代表什麼呢？

◇◇◇◇◇

雷純看了紙條，即交給一名綠衣女婢，女婢接過，即燃起火鐮，燒毀紙條。

雷純深吸一口氣，臉靨又湧現了紅霞：「真的是來了。」

溫柔問：「誰？」

雷純道：「『迷天七聖』。」

王小石笑了，他又開始覺得好玩了。

「聽說在京城裡，只有蘇大哥和雷總堂主，才制得住『迷天七聖』關七爺，」他道：「可惜他倆都不在這裡。」

白愁飛道：「此刻的局面，就要你和我來應付。」

王小石笑道：「我有一個感覺。」

白愁飛道：「你先說。」

王小石道：「我覺得大哥要我們對付那先前的兩人，都不是重點，現在這一場，才是主力。」他問白愁飛：「你說呢？」

「我覺得這一戰，無論蘇大哥和雷損，都沒有辦法過來插手，這是我們要面對的一戰，要名動江湖、還是銷聲匿跡，就在這一戰的結果。」白愁飛轉向雷純和張炭道：「不過，我們得要先弄清楚，我們是敵人、還是朋友？」

雷純道：「『迷天七聖』志在擒我，你們大可以不必出手。」

白愁飛傲然道：「我是爲了『金風細雨樓』，不容關七放肆。」

雷純也傲然道：「好，在共同敵人的面前，我們當然是朋友。」

「我們一直都是朋友，」王小石趕忙道：「好朋友。」

溫柔忍不住問：「你們幾位好朋友得要告訴我一件事；『迷天七聖』到底是幾個人？」

「一個。」雷純道：「不過他手下有六大高手，武功才智都非同小可。」

溫柔嘴巴一撇道：「像者天仇？」

「他？」雷純不屑地道：「他連『迷天七聖』的內圍也混不進去。」

溫柔哼了一聲，揚揚手中的刀，說：「我倒要看看他一個人有幾顆腦袋，」忽又想起什麼事的說：「那個死雷媚，偷了我的刀鞘！」

張炭忽道：「刀鞘是我偷的。」

溫柔怒道：「你！」

雷純忙道：「雷滾想要抓妳，我勸住了他，便著小張假藉雷媚之名，取了妳的刀鞘，作爲警嚇，希望妳能速離京城，別淌這趟渾水。」她補充道：「小張的『神偷八法』和『八大江湖術』，是武林三大高手之一。」

張炭笑道：「過獎。」

唐寶牛冷哼道：「有什麼好高興，也不過是小偷的技倆罷了。」

張炭笑嘻嘻的道：「要不是有小偷之手，又怎會得知一個堂堂大漢，懷裡居然揣著女孩兒家用的花手絹呢！」

唐寶牛往身上一摸，登時光火，只見張炭拎著一條絲絹手帕，端在鼻下索嗅，一時大感尷尬，怒道：「還我！」一手抓去，張炭滴溜溜一轉，唐寶牛抓了個空。

就在此時，街前街後，左右四周，蘆笛聲大作。開始只是一二聲尖銳的呼嘯，後來就越發密集、也越發刺耳，此起彼落，彷彿有無數根蘆笛，同時在耳邊作嘯一般。

一時間，四周被銳烈的笛聲充滿。

雷純和溫柔都同時向唐寶牛和張炭叱道：「別鬧！」兩人也立時停手。

天色愈來愈暗，雲愈壓愈低。

蘆笛聲愈來愈響，像一把把燒紅的刀子，剮心剁肺的割劃而來。

卅二　不問蒼生問鬼神

蘆笛破空，銳聲劃耳。

白愁飛道：「看來，他們來了不少人。」外面天色大變，他的神色依然不變。

王小石道：「『迷天七聖』施展這樣的大陣仗，顯然是志在必得的了。」

張炭笑嘻嘻的道：「人多更好，更熱鬧些！」

唐寶牛忿忿的道：「你這個無恥的小偷，還不把東西還我！」

張炭揚著絲絹手帕，得意非凡的道：「有本領，就來拿啊！」

唐寶牛氣不過，又發足去追，張炭巧閃躲開，唐寶牛虛張聲勢，卻疾彈身一攔，眼看便要截住張炭，張炭及時一個斜身收勢，唐寶牛又撲了個空，兩人相隔七尺，左衝右閃，已近窗邊。

溫柔正要跺足叫唐寶牛停手，陡然，唐寶牛和張炭突然衝破了臨街的木板牆，一個伸長猿臂，一個金龍探爪，同時抓住一個人，俐落地掠了回來。

正是那名小眉小眼的夥計。

這夥計挾在唐寶牛巨幹般的臂彎裡，身上穴道又為張炭所封制，你搶我奪，你拉他扯，幾乎一口氣都吁不出來。

可是他的神色，卻完全變了。

剛才他在店裡，還是任由人呼喝的小夥計，現在他如肉在砧上、死活由人，但他還是驕傲得像一個一將功成的大將軍。

張炭把兩排空碗最上面的一隻碗彈了彈，臉有得色地道：「你趁他們兩位自屋頂下來的時候，溜上了窗欄下偷聽，還以為我不知道？你這三兩下翻牆越脊的功夫，要比張老爺我的『神偷八法』可差遠了。」

唐寶牛臉色一沉道：「不過在樓下吃飯時，我早已發現這傢伙賊眉賊眼，不是好東西！」

張炭板著臉孔道：「誰說是你先發現的!?明明是我先發現的！」

唐寶牛怪眼一翻，道：「你想怎樣？想動手是不是？不把東西還我，看我唐巨俠放不放過你！」

「我怕，我怕！」張炭撫著胸口作狀道：「我怕死了。我怕蒼蠅吃了我一般的怕你！」

白愁飛知道這兩人話匣子一打開，準夾纏個沒完，便截問道：「你是哪一路人馬？」

夥計冷然道：「你們馬上就要死了，還問來作啥？」他雖然被擒，但在他眼中，樓上這些都與死人無異。

白愁飛點頭道：「那麼，你就是『迷天七聖』的人了。」

夥計傲然道：「告訴你也無妨，俺就是『迷天七聖』的分舵舵主，轄守三合樓一帶。」

白愁飛道：「三合樓位於『金風細雨樓』與『六分半堂』兩大勢力分界之地，也是必爭之地，廣佈眼線，自屬應然。閣下怎麼個稱呼法？」

夥計冷哼一聲道：「憑你也配問俺的字號！？」

唐寶牛和溫柔忍不住都「噗」、「嗤」地笑出了聲，白愁飛眉心煞氣一現即隱，反而收斂銳氣，微微一笑道：「在你眼裡，我們既然都是死人，而你的身份亦被識破，若我們死不了，你也再不能在此地混了，何必畏首藏尾，遮瞞名號？」

夥計一揚首道：「告訴你們也無妨：今天不止六聖當中有人會來，七聖爺也可能會親蒞，你們是死定了。」他昂然道：「俺行不改姓、坐不改名，『水蠍子』陳斬槐是也。」

白愁飛心中一震，暗忖：看來「迷天七聖」近年來大張旗鼓，趁「六分半堂」和「金風細雨樓」互拚之亂，招兵買馬，不少武林高手都收入麾下，這「水蠍子」是綠林積盜，在泗水一帶甚是有名，卻在七聖門下，當一名暗樁卡子，可見「迷天七聖」的勢壯聲威。

他分分明明皮笑肉不笑地道：「原來是陳舵主，久仰大名，卻不知七聖門裡，這次來的是誰？」

只聽一個聲音陰惻惻的道：「我們已經來了，不來問我，卻去問他？」

這聲音宛在耳畔傳來，把唐寶牛和張炭都嚇了一跳，白愁飛卻立即道：「不問蒼生問鬼神，鄧蒼生、任鬼神，我正是要問你們。」

那陰惻惻的聲音一起，場中已有了極大的變化。

一個人從樓梯上疾掠上來。

一個人自窗口飛掠而入。

從樓梯上來的人和自窗口飛進來的人，一上來就跟唐寶牛和張炭交手，一眨眼間換了一招，一招七式，未待那陰惻惻的聲音說完，唐寶牛和張炭已不約而同，一齊放棄了陳斬槐。

陳斬槐已到了這兩個突然闖進來的人手裡，幾乎在同一時間，陳斬槐臉上驕傲之色更顯著了。

可是白愁飛那一句話，卻令陳斬槐臉色大變。

連他也不知道來的三聖、四聖原來的名字，可是白愁飛竟一口叫了出來。

——難道白愁飛在這兩人跟唐寶牛和張炭動手的一招裡，就窺出了他們的身份？

陳斬槐震動的是：三聖和四聖竟然就是鄧蒼生和任鬼神，鄧、任二人，是黑道上的好手，而且也是兩個極負盛名的殺手，跟天下著名的殺手集團：「秦時明月漢時關」、「滿天星、亮晶晶」、「神不知、鬼不覺」、「暗器王」秦點、「天長地久」、「舟子殺手」張恨守、將仇人名字寫入鰻魚腹中即能殺之的「大椎客」屠晚齊名，江湖中人也給他們兩個渾號，叫做「有法有天」。

他們會被稱上這個「外號」，聽說有兩個原因。

一是因爲他們就代表了「法」和「天」。

另一就是他們曾力抗莫北神所統率的「無髮無天」部隊，「無髮無天」是「金風細雨樓」的精銳，從成立到今，原有三十三人，而今剩廿九人，一共死了四個人，他們每一個人的犧牲，都換來極大的代價，使「金風細雨樓」有極大的利益，他們每一個人都打傘出現，就連昨日三合樓的會戰對峙，「無髮無天」部隊的出現，也牽制了「六分半堂」雷媚所佈置的伏兵。

可是，鄧蒼生和任鬼神二人曾與「無髮無天」卅一人交手，竟得以全身而退，並且「無髮無天」其中兩名成員，便是死在那一役中。斯役後，「迷天七聖」裡的三聖、四聖，就被人稱爲「有法有天」。

經那一戰之後，鄧蒼生和任鬼神，據說有半年沒在武林中、江湖上出現過，聽說他們也受了相當不輕的內傷。

陳斬槐頓想起那半年來，的確，三聖和四聖也沒在七聖門中露過臉。

不過，究竟真的有沒有露臉，陳斬槐自己也不曉得。

因爲「迷天七聖」都沒有臉。

——除七聖爺外，每次「迷天六聖」出現的時候，臉上都罩著，從來不露出本來面目。

——就連聖主的親妹子關昭弟，也是在下嫁雷損以後，反而在偶然的場合下得見其廬山真面目。

——「迷天七聖」只有「七聖爺」才是「聖主」，其他「六聖」，雖稱為聖，但實際上只是維護七聖爺的「高手」，大事作不得主。

所以當白愁飛一口叫破他們名字的時候，陳斬槐也不知三聖和四聖是震驚還是錯愕。

他在慶幸自己幸好不知道三聖和四聖原來的身份。

——否則，三聖和四聖準會懷疑是自己透露出去的。

他看不出三聖和四聖現在正想什麼。

因為三聖的一張臉，只掛著一頂倒反削平的竹笠，四聖的臉，卻罩上了一張兇神惡煞的臉譜。

◇◇◇◇◇◇

王小石也看不出任鬼神和鄧蒼生，現在是什麼表情。

他只看見穿藍布長衫，黃銅鈕扣，襟露灰綢子中衣的高個子，臉上倒罩著頂竹笠，上面挖了兩個小洞，閃爍著令人心寒的眼睛；另一個身著月白長袍，一雙鞋子卻特別整潔講究，白布高襪子，粉底逍遙履，臉上也套著一張臉譜，眼神也很凌厲。

王小石雖看不到他們的神情，但知道白愁飛一開口，就說對了。

這兩人心中顯然是大爲震詫。

他們一上來，就露了一手，輕而易舉的就把陳斬槐「奪」了回去，沒料卻給白愁飛從他們出手中認了出來。

其實此際任鬼神和鄧蒼生的心中，不僅是震詫，而是震驚。

因爲剛才他們的出手裡，根本還沒有施展獨門絕技、看家本領，那神情高傲的年輕人，是怎麼看得出來的!?

——何況出手只有一招，難道一招就讓人看出他們的門道來!?

鄧蒼生和任鬼神互覷了一眼。

看來這一役，似乎不如他們開始所想像般的輕易。

他們兩人來這裡，只有一個目的。

達到這個目的，也有兩種方式。

一是殺光全場的人，一是嚇退全部的人。

是以任鬼神立意要試試第二種方法。

「我們來這裡，是聖主要見雷姑娘，她要跟我們走一趟，沒其他人的事。」任鬼神說：「如有人不怕死，出手相攔，也只是送死而已。」

他原本不準備這句話就可以把對方嚇倒。

尤其面前幾個年輕人，雄赳赳的、威風凜凜、一副沒事找事的樣子，看來不但不怕死，就算天塌下來也不會害怕的樣子。

他最不喜歡年輕人。

因爲年輕人不怕死。

也許不是他們不怕死，而是因爲他們距離死亡太遠了，所以不知死的可怕。

果然那黑黑圓圓得像一粒桂圓的年輕人道：「你是鄧蒼生還是任鬼神？」

任鬼神覺得也沒有再隱瞞下去的必要了：「任鬼神。」

張炭拊掌笑道：「好啊！有鬼神送行，就算死，也死得熱鬧。」

任鬼神覺得現在的年輕人，非但不知死活，簡直連對武林前輩的禮貌都不懂了，他剛才一掌就逼開了此人，並不認為他是厲害的對手，便道：「我剛才那一掌，若不是留了餘地，你現在還能在這裡窮嚷嚷？」

張炭獪笑道：「你留了手？」

任鬼神道：「我旨在救人，不在殺你，否則，你已早在黃泉道上飲黃泉了。」

張炭道：「我也留了手。」他伸手一翻，掌心裡赫然便是一枚銅鈕釦，任鬼神一看衫上的鈕釦，果然少了一枚，心中一驚，張炭嘻嘻笑道：「我要不是念上天有好生之德，早把你送去見鬼拜神了。」

任鬼神怒道：「你！」不再跟他駁嘴，一拂袖，突然大步走向雷純。

張炭長身一攔：「幹什麼！？」

任鬼神道：「攔我者死。」

張炭道：「你想死？請吧！」

任鬼神一翻袖，劈出一掌。

張炭接下了一掌，身子晃了晃。

任鬼神怒叱：「還不滾開！？」又劈出一掌。

張炭又接了一掌，退了一步，黝黑的臉色，忽然白了下來。

唐寶牛看了怪開心的叫道：「飯桶，你不行，便讓我來。」

誰知他才一開嚷，鄧蒼生便向前走來。

這穿著乾淨襪子、漂亮鞋子的人，看來隨隨便便，但他一跨步，便看得出，前面縱有高山大海，他也足可跨海飛天、移山穿壁。

唐寶牛也不閒著。

他一步踏前去，像一面牆般的攔著鄧蒼生的去路。

鄧蒼生向他搖了搖頭。

唐寶牛也向他搖了搖頭。

鄧蒼生用手揮了揮，意思是叫他離開。

唐寶牛也用手搖了搖，意思是不離開。

鄧蒼生靜止。

唐寶牛也靜下來。

鄧蒼生長嘆一聲。

唐寶牛也學他長嘆一聲。

然後鄧蒼生猝然出手。

他一出手，五指駢伸，像一柄鐵鏟一般，飛插唐寶牛的胸膛。

他五指一迸，王小石已忍不住叱道：「快躲開！」

唐寶牛已不用吩咐，躲得比聲音還快。

「噗」的一聲，鄧蒼生一掌插空，直插入木柱裡。

然後他在唐寶牛還未來得及發動任何攻擊前，已拔了出來。

如果他手上拿著一柄刀子，那當然不是件出奇的事。

但他只是一隻手。

一隻血肉構成的手，竟能隨隨便便的就完全插入木柱裡，直沒及掌背，又輕描淡寫的就拔了出來，比拿起一張紙還容易。

唐寶牛一顆心，早嚇得飄出了窗外，正在二樓的空間，不上不下。

可是鄧蒼生已走到雷純的面前。

看他的步伐，不徐不疾，然則卻奇疾巧快，半霎間已到雷純身前，還未動手，雷純的四名俏婢，已一齊向他出劍。

四柄劍同時拔出，所以只有一聲劍響。

四劍齊發，也只有一道劍風。

這四劍婢出手的配合，顯然經過長期而艱苦的訓練，所以出手不但一致，而且整齊。

四劍自四個不同的角度，刺擊敵人四個不同的要穴。

這才是這四劍最難應付之處。

因爲人只有一雙手，兩隻眼睛，一顆心。

很少人能夠同時應付同時間四柄劍、四種不同的劍法，和四個不同角度的攻擊。

可是鄧蒼生能夠。

卅三　救命

四劍齊斷。

看來是同一剎那間被切斷的，其實不是，鄧蒼生一共出了四掌，四掌都是四指駢伸，及時而準確地在離劍尖三寸處一啄，劍立斷。

在劍招遞刺之時，離劍尖三寸的所在，正是劍身最脆弱的地方，就像蛇的七寸一般，鄧蒼生的手就切在那兒。

他的手似乎比劍還要鋒利。

然後他逕自走向雷純。

◇◇◇

唐寶牛發足逼近。

他似是要從後面對鄧蒼生發動攻擊。

鄧蒼生依然往前走。

他在等唐寶牛的攻擊。

不料，唐寶牛直衝近他背後三尺之遙，猛然站住，他奔行的時候，樓爲之搖，木板吱格作響，這陡然驟止，大樓似更吃不消，幾乎被他跥出個大洞來，偌大的木板樓吱吱格格的一陣搖晃。

可是就是沒有發動攻擊。

鄧蒼生本來提高警覺、暗自蓄力，待抵擋唐寶牛之一擊，但對方卻凝而不發，倒使他真氣莫可宣洩，等了半晌，怒吼一聲，霍然回身，還未發話，唐寶牛已道：「你輸了。」

鄧蒼生又是一愣。

「你輸得好慘，」唐寶牛搖首嘖嘖地道：「慘得讓我不忍向你出手。」

鄧蒼生本就不善於言詞，更不喜說話，聽了也忍不住厲聲道：「你說什麼!?」

「完了！」唐寶牛惋惜地道：「你還聲音沙啞哩！」

鄧蒼生掙紅了臉，怒道：「你——」雙掌一迸，立刻要動手。

唐寶牛忙道：「對了，對了，你練的是『蒼生刺』，任鬼神的成名絕技是『鬼神劈』，對不對？」

鄧蒼生楞了一楞，點了點頭，心中懷疑：因爲他們所練的掌法，都是專門絕學，江湖上知道的人絕不算多！唐寶牛即嘆道：「便是這兩門殺傷力奇大、威力無匹、舉世難得一見的奇門掌法！」又問：「你可知因何世間不乏練武奇才，爲何都練不成『鬼神劈』和『蒼生刺』？」

鄧蒼生本來不想應答下去，但唐寶牛這一番話卻甚爲動聽，形容得極爲貼心，所以忍不住問了一句：「爲什麼？」

「便是了，你不懂，便錯在這裡了。」唐寶牛拍腿，「你的『蒼生刺』甚難功成，先將足少陽膽經和手少陽三焦經打通，這是何其艱難的事，沒有練武天分、資質極佳、稟賦上乘者，不但雙筋兩脈不能並流，一個失誤，還會導致走火入魔，輕則前功盡廢，重則成了失心瘋，嚴重的還會喪失性命，君不見當年老龍頭陀，『失魂刀』習笑風、『笑面虎』張笙蒼，這些一等好手，都是這樣瘋掉成了白痴！」

鄧蒼生自幼嗜武，對武學一點一滴都珍若拱璧，遇有自己未有所見、未有所聞者，更爲留意，生怕錯失學習良機。唐寶牛這一番話，說得頭頭是道、絲絲入扣，明雖未褒，但暗裡卻讚得他飄飄欲仙，聽得饒有興味，忽聞唐寶牛舉出這三個例子，好像有點似是而非。石柱關的老龍頭陀的確是練「蒼生刺」不成而瘋的，「習笑風好像不是這樣瘋的吧？」鄧蒼生忍不住又問：「笑面虎張笙蒼又是誰？怎麼我沒聽說過？」

唐寶牛望了在激戰中的張炭一眼，又看了鄧蒼生一眼，嘆了一口氣道：「張笙蒼？你沒聽說過，那是你的孤陋寡聞。」

鄧蒼生咆哮了一聲。

唐寶牛忙不迭的道：「你別吼，一吼，就露出了弱點了。」

鄧蒼生呆了一呆，果真不吼了，眼裡充滿了疑問。

「你近來可覺得每逢天陰濕雨，商曲、大赫、幽門、神封這四處穴道，運氣時可都有些滯塞，偶爾還會有些隱痛，而且容易上痰升火，還會咳出血塊來？」唐寶牛盯住鄧蒼生問。

「有啊！」鄧蒼生叫道：「你是怎麼知道的？」

「那就對了！」唐寶牛得意洋洋的說：「那麼你的彧中、中極、扶突、天鼎諸穴也一定有點欠妥，搞不好，還會痛入心脾、痛得死去活來，可能還會——」

「你胡說八道！」鄧蒼生怒道：「我戓中、中極二穴根本就沒有事！扶突和天鼎二穴則屬於手陽明大腸經，又關著什麼事了？」

「對對對，你說對了，我背錯了！」唐寶牛用手叩了叩額頂，忙道：「我一不小心，說錯了，嘻嘻，你剛才不是承認商曲、大赫、幽門、神封四穴有些欠妥嗎？」

「大赫和神封穴倒沒啥事，」鄧蒼生咕噥道：「幽門和商曲確有刺痛，且痰中帶血，這是怎麼回事？」

「大事，大事！」唐寶牛道：「你還敢跟我動手，可謂危之甚矣！」

這時，只聽還在跟張炭交手的任鬼神叫道：「老大，你別聽那小子亂訛人！快收拾了他過來幫忙！」

張炭卻也叫道：「哈！哈哈！哈哈哈！」他笑了三聲，看來也想說幾句譏刺的話，可是任鬼神攻勢陡緊，他一時說不下去，好半晌才斷斷續續的接道：「你，請救救救——救兵——啦，哈！哈！」又沒了聲響。

可見任鬼神攻勢勁急，張炭真個想多說幾句也力不從心。

鄧蒼生右手五指又駢在一起，就像一塊鋼鏟，雙目射出暴光，盯住唐寶牛，吼道：「你敢耍我？」

唐寶牛退了一步，搖頭擺手的道：「你聽我說，我不是騙你，你現在一運真力，腹中通谷處是不是有些翻騰作痛？」

鄧蒼生又楞了一楞：「是。」

唐寶牛道：「那還憋著真氣幹什麼？忙著內傷呀？」

鄧蒼生連忙把真力洩了。

唐寶牛暗裡舒了一口氣，悠然道：「你可知道原因？」

鄧蒼生果真問：「什麼原因？」

唐寶牛道：「那是因爲你練岔了。」

鄧蒼生又吼了起來：「什麼!?」

唐寶牛不慌不忙的道：「如果你沒有練岔內力，憑你精修混元一炁神功的內力，已到了前無古人、後無來者、空前絕後、目空一切、絕代斷後的地步，怎麼還會在運使時，引起隱痛？以你勇於求知、敢於改過、一代宗師、武術名家的精神，斷無可能諱病忌醫、自欺欺人的任由錯弊下去吧！」

鄧蒼生愣了半晌。

那任鬼神又叫道：「老大！你還聽那些廢話作甚？快殺了那小子過來抓人啊！」

鄧蒼生這次不睬他，向唐寶牛問：「我是怎麼練錯了？」

唐寶牛慢條斯理的道：「你練的是以足少陰腎經來配合手太陰肺經發力，先由然谷、水泉藉力，由陰谷交接，然後力自丹田起，先經關元，注入四滿、中注、肓俞，再流入石關、陰都、步廊、神封、靈墟、神藏諸穴，再藉俞府通過中府，轉入雲門，自天府、俠白而下，力發尺澤，流向孔最、列缺、至經渠、太淵、魚際，然後五指聚力，即可力如銳刀利劍，斷金碎石，易如反掌，這便是手太陰肺經配合發力之威，是也不是？」

鄧蒼生詫道：「是啊！」

唐寶牛又道：「你練的是小周天連功通脈法，任督等奇經八脈都得要暢順，才能煉精化氣，進而至煉氣化神的大周天玄功——」

鄧蒼生急道：「可是，我已練到煉神還虛的地步，怎還會出事？」

唐寶牛臉色一變，好一會才轉過神色來，一陣又一陣的笑道：「嘿！居然能練到煉神還虛的地步！嘿嘿！你可知道，你內力發源起自手少陽三焦經，還需頭部和背部的穴脈，其中包括絲竹空、和髎、角孫、顱息、耳門、瘈脈、翳風、天牖，還有背部的大椎、肩井、天髎、秉風——」

鄧蒼生大汗涔涔而下，道：「等等，慢點，我是以足少陰腎經和手少陽三焦經運氣聚力，以手太陰肺經爲輔，但力自丹田起，發於指掌間，與背肩要穴尙可說聲息相關，但與頭部要穴，又有什麼牽扯？」

唐寶牛拍腿罵道：「你這就有所不知，知其一不知其要了，要練好『蒼生刺』，就要得靠這幾個你以爲用不上的穴脈。」

鄧蒼生一聽，這完全跟他平日武學大異，楞了半晌，神智也迷惘起來，結結巴巴的道：「——你說真的——」

唐寶牛道：「我當然是說真的。還不止這幾個穴道呢！」

迷於習武的人就似痴於戀愛的人一般，稍得甜頭，一定窮追不捨，絕不肯及時抽手，也像嗜酒的人，不肯淺嘗即止，更何況鄧蒼生習「蒼生刺」整整一十六年，甚至乾脆連名字都改了，而今聽唐寶牛這番似是而非的道理一說，似通非通，頓忘了一切，只知要聽個明白，否則難以甘休，立即便問：「還有穴道？什麼穴？」

唐寶牛道：「還有瞳子髎、顴髎……」

任鬼神卻在那兒怪叫道：「老大，你別再受這廝的愚弄——」

鄧蒼生暴喝了一聲：「住口！」截斷了任鬼神的話，急看向唐寶牛問道：「你說，還有什麼穴道？」

唐寶牛好整以暇的說：「什麼穴道？你這是什麼態度？」

鄧蒼生一楞道：「我什麼態度？」

「也沒什麼態度，」唐寶牛雙眼望天、雙手負背，悠悠的道：「只是倒有點像是我向你閣下請教而已。」

鄧蒼生馬上必恭必敬的道：「請閣下指點，以啓茅塞。」

唐寶牛哼哼嘿嘿的道：「我閣下，你可知我閣下姓甚名誰？」

鄧蒼生忙道：「正要請教。」

唐寶牛鼻又朝天的道：「我的名號稍微長一些，我就摘較重要的幾個，跟你說一說吧！」

鄧蒼生謙卑的道：「是，是。」

唐寶牛昂然道：「我就叫做神勇無敵天下第一寂寞第一聰明第一威武刀槍不入唯我獨尊上天入地繼往開來玉面郎君唐公寶牛前輩是也。」他補充道：「外加勇者無懼仁者無敵八個字。」

鄧蒼生又楞了半天，喃喃半晌才抓得準他那一輪匣弩連環箭般的語言，艱澀地叫了聲：「唐……大俠。」

唐寶牛道：「錯了。」

鄧蒼生嚇了一跳：「你不姓唐？」

唐寶牛道：「你應該稱我爲唐巨俠，」他分析道：「巨俠是大俠中的大俠的意思，這世上的大俠太多了，你稱我唐巨俠，比較名副其實。」

鄧蒼生不禁對眼前這「唐巨俠」，有點將信將疑起來，陳斬槐忍不住道：「三聖，我看這小子的話信不過，不如由屬下來打發如何？」

鄧蒼生叱道：「滾開一邊去。」

陳斬槐不敢抗令，自過一旁。鄧蒼生沉住了氣，問：「唐巨俠，你說我練功出岔，請問是岔在哪裡？」

「我一看你的出手，再聽你的聲音便知，」唐寶牛煞有其事的道：「所以我才不跟你動手，要是我看準你的弱點下手，你想想看後果將是如何？」

鄧蒼生天性魯直，急得掀開面具，露出一張獅鼻海口羅漢眉的臉，幾乎就要說「多謝手下留情」了，但忍不住還是要問：「你剛才說，要把頭部的和髎、絲竹空、顱息、耳門、天牖、角孫、翳風、瘈脈以及顴髎、瞳子髎都要練成氣暢神合，可是該怎麼練？」

唐寶牛心中也暗暗驚佩鄧蒼生的記憶力奇強，他只是把穴道匆匆說過一遍，而且還是十分含混的說，情況又十分混亂，鄧蒼生居然已能把他前後兩次隨口說的六個穴位記得一清二楚。唐寶牛遂不敢正面去回答他的問題，只裝著不耐煩地道：「你記少了。」

鄧蒼生想了想，又低首想了想，再仰天想了想，還是想不出來，用手敲敲腦後，澀聲道：「我記心不好，還請唐巨俠指點。」

唐寶牛沒好氣的道：「枉你是個學武的人，足少陽膽經還有上關、懸厘、頷厭諸穴……」後面幾個字，說得像嚼糯米似的，非常含糊。

鄧蒼生聽不清楚，只好問：「什麼？」

唐寶牛又說了一遍，鄧蒼生只勉強聽到懸厘一穴，其餘仍是沒聽清楚，眼神十分惑然。

唐寶牛氣得跺足道：「哎呀，你怎麼這麼笨！」用手往鄧蒼生耳上、邊地的部位一指，道：「就是這個穴啊！」

鄧蒼生這才恍悟，哦然道：「是頷厭。」

唐寶牛又用手往他的耳旁眼下一指，鄧蒼生奇道：「命門？」

唐寶牛氣沖沖的用手指點著他的頰部，罵道：「哪是命門？是上關穴！上關穴都不懂，羞死道上同源了……」

話說到這裡，乍然易指爲掌，一拳擊在鄧蒼生的臉門上！

鄧蒼生反應再快，也不及閃躲，隨著鼻骨碎裂的聲音，飛了出去，跌出窗外，

唐寶牛哈哈大笑道：「別說我趁你不提防，巨俠我只用了二成力，要你躺兩三個月，絕不要了你的老命！」

他的話未說完，只覺一陣勁風襲來，鄧蒼生又出現在唐寶牛身前。

他的鼻子爆了，顴骨也裂了，可是他並沒有摔下樓去。

他捱了一拳，居然在跌到一半的當兒，已能提氣躍上來。

他現在的樣子，要比一頭震怒的雄獅還要可怕，一頭獅子至多不過是把人吃

了，看鄧蒼生現在的樣子，像要把唐寶牛連皮帶骨的吃下去，又吐出來，然後又吃一次，至少要吃上一百一十一次，才會甘心的樣子。

唐寶牛立即後悔了。

他後悔爲什麼只用兩成力。

早知如此，早知道這傢伙這樣捱得起揍，他倒是應該施六分力，只留四分力。

現在後悔已來不及了。

鄧蒼生向他吼道：「你騙我……」他一開口，血就從他的鼻子、耳孔、嘴巴淌了出來。

唐寶牛忙搖手道：「鄧蒼鬼，不，鄧老頭兒、鄧老前輩，你聽我說，我——」

這次鄧蒼生已不等他說完。

他的「蒼生刺」已然發動。

唐寶牛只好揮拳。

他那比海碗還大的拳頭，就砸在對方的指頭上，就像鐵鎚敲在栓子上一般。

可是結果是唐寶牛跳了起來。

痛得跳了起來。

他覺得自己血肉構成的手就像敲在一口釘子上。

不止一口，而是四口釘子。

鄧蒼生已向他發出了第二刺。

唐寶牛想閃、想躲、想避，都已經來不及了。

他怪叫一聲，往襟內一探，袖手一揚，大喝道：「你再過來，我就要他奶奶的扔出我們蜀中唐門的『煙雨濛濛』了！」

「煙雨濛濛」是四川唐門的獨門暗器，十分難以應付，而唐寶牛確也是姓唐的，長相又十分有氣派，武林中人除非萬不得已，否則都不願跟擅使喑器、防不勝防的唐門子弟為敵，當下出手慢了一慢，唐寶牛已一個魚躍龍門，錦鯉穿波，縱了出去，不料方才站定，嗖的一聲，手上的事物已被人奪去。

只見他身旁不知何時，已站了一個頭頂上壓了個馬連坡大草帽的人，手上已奪去他的錢囊，冷哼一聲道：「這是什麼唐門！」

那鄧蒼生一見來人，喜形於色，道：「二聖，你也來了。」

那草帽遮臉的人冷冷地道：「今天連七聖主都將蒞臨，老夫焉能不至？」他彷彿很不滿意：「你和老四，連兩個小混混都收拾不了，當聖主的顏面怎麼說？」

鄧蒼生慚然道：「是。」又盯著唐寶牛，雙目發出凶光。

唐寶牛一聽，禁不住大聲抗議道：「什麼小混混！是宇內奇俠第一高手天下無敵唐寶牛。」這次他看情勢不對，自我介紹得較為短省精簡。

那戴草帽的人道：「好，我就先殺了你！」一說完，一雙手已飛到唐寶牛咽喉上。

唐寶牛雖然早有準備，但這一下委實是太快了，唐寶牛只好用左臂一格。

就在唐寶牛左手一動的時候，那人的手已在唐寶牛左肩上一搭。

唐寶牛的左半身子立時像麻痺了似的。

他連忙用右臂去搪。

不過右臂才剛抬起，那人的手又在他右膊搭了一搭，唐寶牛的手又軟了下來。

然後那人的手仍直扣唐寶牛的咽喉。

那人一直都是使用這隻手。

右手。

彷彿他就沒有左手似的。

又像他根本不需要用到左手。

因爲他單憑一隻右手，已經太快了，快到無法抵禦，而且還彷似帶著磁電似的，搭上哪裡，哪裡就被摧毀。

但那只是一隻軟若無骨的手。

現在這隻手正認準了唐寶牛的咽喉。

眼看唐寶牛這次無論如何，都避不開去了。

原本唐寶牛見張炭能敵住任鬼神，心裡很不服氣，他的武功雖無過人之處，但天生樣子極有氣派，好玩喜樂，對武功不肯下死功夫，但對天下各家各派的武學，博知強記，過目不忘，一見鄧蒼生練的是「蒼生刺」，必須要經脈互通，耗氣太盛，而又見他目露凶光，聲音沙啞，即推揣出他火盛心燥，易生痰血，必因練功太急而致，神封等穴定常有刺痛，故意用話試探，果然一說便中，他便藉此來作弄鄧蒼生一番，沒料卻只能傷之，不能制止，而今忽又殺出個陌生人，眼看這一隻軟綿綿的手，就要攫了他的命！

他幾乎想要叫：「救命。」

沒想到卻有人比他先喊了出來：

「救命。」

卅四　只是因爲肚餓

張炭沒有選擇。

他不得不喊救命。

他開始迎戰任鬼神的時候，還充滿了信心，但當任鬼神劈了一掌，再劈一掌，劈到第三掌的時候，張炭已失去了信心。

俟任鬼神劈到了第五掌，張炭的信心已被粉碎。

他失去了信心，不等於他放棄。

有些人，常常因運氣、環境和一些無法拒抗的因素，因而信心動搖，可是，他們只要歇上一歇，又會從頭來過。

任何人都有信心動搖的時候，尤其是在不斷的挫折與逆境中。

信心受挫，不代表他們永遠失去了信心。

信心就像蠟燭，遇上大風就會熄滅，但有火苗就能重燃。

有些事，縱然沒有信心，也是要幹的。

張炭就是這種人。

他常常幹這種事。

他硬接了任鬼神五掌，踉蹌身退，臉色慘白，難得的是他一向黑黝黝的臉上，這次終於換了顏色。任鬼神兩顆深嵌的眼睛綻出譏誚的神色，再不理張炭，彷彿他再已不屑一顧，飄步行向雷純。

張炭大口大口的喘了兩口氣，喝道：「停步！」

任鬼神冷哼一聲，不理他，逕自走去。

張炭怒叱：「還不停步！」

任鬼神冷誚的道：「手下敗將，敢叫老子留步！」

張炭道：「手下敗將，老子不許你多走一步！」

任鬼神霍然轉身，連頭上的竹笠也被帶得一陣子搖晃，厲聲道：「你說什麼！？」

張炭揚揚手上的一件竹符，道：「這是不是你的？」

任鬼神一看，竹符上雕神蝠、下刻獬豸，符裡雕的是斗牛、飛魚、蟒的組合的圖樣，正是「迷天七聖」組織內聖主的令牌！任鬼神伸手往襟裡一掏，半天抽不回手來，張炭想盡辦法擠出了一個他自認為最奸險的笑容，挑釁地問：「怎麼樣，這是老子『神偷八法』之一，叫做『空手白刃摸』，大爺要摸的是你的命根子，你就得把老命賠上！」

任鬼神開始並沒把張炭瞧在眼裡，可是，幾下交手換招間，自己兩次失利，一次給他扯下了銅鈕釦，一次竟連身上令牌都給他扒了，自己仍渾然未覺，心中捏了一把汗，道：「好小子，我倒小看你了。你叫什麼名字？」

「我姓張，」張炭嘻嘻笑道：「你可以叫我做張大巨俠。」他大概是近墨者黑，跟唐寶牛一番交往後，竟也自稱「巨俠」，甚至在「巨俠」之上又加一「大」字。

任鬼神卻也不惱怒，只道：「你能在我身上摸走一粒鈕釦，一面竹符，足令在下佩服，竹符是我之物，請奉還，這兒的事你就別插手，我絕不加一指於閣下。」

張炭見任鬼神這番話說得不卑不亢，只恐這場架打不成了，便道：「東西在你身上，我拿得走，你要就自己憑本領過來取。銅釦子我不要，還你！」說著雙指一彈，「哧」的一聲，激射向任鬼神笠下的眼孔！

這一下攻其無備，張炭也不望能傷著任鬼神，卻望任鬼神急於閃躲之際，「神偷八法」齊出動，要擷下這人臉上的竹笠，立意要看看他的尊容。

不料卻「啵」的一響，眼看銅釦到了任鬼神眼前半尺，突然一震，激射向左斜方，奪的直嵌入柱子裡。

張炭隱約只見竹笠子的下頷動了動，露出了一個尖削燒青的下巴。

只聽任鬼神道：「你還是不還？」

張炭的「神偷八法」本待乘虛而入，但對方一點破綻也沒有，只好噓聲道：「不愧是任鬼神！剛才那一招，就叫『鬼吹氣』吧——」

任鬼神厲聲道：「你再不還來，我可要不客氣了。」

張炭滿不以為然的道：「這下可叫『發神經』了！我能摸得了你的令牌，自然就能擷得下你的瓢子，你儘管不客氣好了。」

任鬼神冷峭地道：「你這分明是外行話，能在我手底下偷偷摸摸，只不過是鬼蜮伎倆，要真的拚，你姓張的要拾著命走！」

張炭的顏臉是可以黑而不可以紅的。這面子可丟不得，氣虎虎的道：「大爺我的『神偷八法』，剛才只是稍顯顏色，八大江湖，金、批、彩、卦、風、火、雀、耍，姓張的無有不精，無有不懂，你要硬摘硬拿，儘管放手招呼，爺兒我有一身豹子膽，向來在刀尖上堆名疊聲，準候著你，教你見識！」

任鬼神突然笑了起來：「你今年貴庚？這就充老江湖了？莫非知道準死在老子掌下，鬼拍腦勺子說出這話來！」

張炭什麼都能輸，嘴皮子可從來不吃虧半句：「鬼倒是有一個，就在眼前，不過只配拍馬屁股，拍不上張大爺我的頂上人頭！」

任鬼神目中殺機大現：「好，老子有心保住你，你倒以為可以恃著橫行了，不管懾管懾你，你真以為姓任的隨便可欺。」倏然之間，一步搶進中宮欺洪門，左手一伸，已抓住令牌竹符。

任鬼神的左手一直垂而不動，而今一騰手，已扣住了竹牌。

張炭本早有防備。

縱是他全神戒備，也斷沒料到任鬼神的出手竟是這般快，飄忽如神，倏詭若鬼，當真似蛟龍變異，鬼神莫測。

任鬼神雖一把抓住竹牌，可是張炭絕不放手。

他在那一霎間，已向任鬼神攻出十一招。

這十一招一氣呵成，迴環並施，連王小石一見，也禁不住叫了一聲：「好！」這十一招包含了「金豹掌」的「斜單鞭」，八卦遊身掌的「獅子搖頭」，少林伏虎拳中的「猛虎伏樁」，少林嫡系峨嵋旁枝「少林十八羅漢手」中的殺著「鐵牛耕地」，腳踏「連枝步」足踢「子母鴛鴦腿」，雙肘連封「鐵門閂」，身走「倒栽柳」以指作劍取「舉火燒天」式，進手式「鳳凰單展翅」，同時抽招換式，連施泰山派「抽樑換柱」、五行拳的「金鎖擒蛟」，再翻身甩起，退守外環，腳站子午樁，拋拳盪臂，轉「流星趕月」式。

如果這十一招由十一個人手裡使出來，並不出奇，這十一招本是十一個門派的十一種基本招式。

可是這十一招是同在一個人手上使出來的，而且，這人是一口氣同時使出這十一招，每一招使得像是在那一門那一派至少浸淫了十六、七年一般。

使招的人，只不過是廿來歲。

張炭就僅憑他這一出手，就可知他所學所習精博繁雜。

能夠一口氣把十一招使得這般天衣無縫，無瑕可襲的，已經可嘆，更可驚的是，他是以一隻手使出這些招式的。

他的另一隻手，還抓著竹符。

他和任鬼神，誰都不願意先放手。

任鬼神一隻手仍扣著竹符，要破這十一招，就越發不可能了。

但任鬼神卻仍是破了。

他發掌。

一掌劈出。

這一掌看似平平無奇，但拿捏之準、發勁之銳、掌風之烈、掌力之猛、掌勢之強、掌功之厚，使得這一掌甫發，便連破張炭使出的十一招。

那就好像滂沱大雨而下，但一撐傘就可遮護住不被雨水打濕。

又像滿空密雲，仍攔不住一記越蒼穹而出的電閃。

張炭的十一招立即無效。

不過他沒有氣餒。

他也不能氣餒。

他必需要在對手再發出另一劈之前，先把對方擊倒。

對方不倒，倒的便是自己。

世上的事，也往往如此，如果你發動攻擊對方不倒，自己便未必能站得住陣腳，所以沒有必勝的把握，便寧可不發動攻勢。

其實攻擊別人這般危險，爲何世人卻往往樂此不疲、行險搶攻呢？

誰知道。

◇◇◇

張炭一向不知道什麼叫做不成功、便成仁。

他只知道一擊不成便退。

只要緩得一口氣，他會再行搶攻。

所以他揉身又上！

他用力一拗竹符，似立意要把竹符崩斷，一人各取一半，任鬼神當然不想竹符裂開，只好放手，張炭立即全力搶攻。

這下連白愁飛也忍不住脫口說：「第一……」便住口不說了。

他要說的話本來是：「『第一擒拿手』項家之七十二路大擒拿法三十二路小擒

拿手中的十二路進步短取」，這一句甚長，所以他只說了兩個字，就不說下去了。

他雖然沒說下去，但張炭已把這十二路短手的擒拿法精髓，空手入白刃，巧攻暗取，動靈轉滑，變化不測，見招破招，見式破式，借式進招，神充、氣足、身輕、手快，刹那間在竄、縱、跳、躍、閃、展、騰、挪、挨、幫、擠、靠、速、小、綿、軟、巧中完成了擒拿絕技。

當年「第一擒拿手」項家的擒拿術，名震天下，張炭卻不知怎麼，竟得五分真傳，只見起、落、進、退、竄、縱、跳、躍、黏、合、閃、避、吐、撤、放、拿、扣、按、壓、扳、彈、切、折、旋、崩，身形倏忽，不過，合當遇上任鬼神。

任鬼神以不變應萬變。

一待他挨近，就劈出一掌。

每劈出一掌，張炭的攻勢就要全毀。

無論張炭使出怎樣辣手的擒拿術，對方的「鬼神劈」一出，他的攻勢就全被瓦解。

張炭心裡叫苦連天。

他自知惹上了個極難惹之人。

正當他要退身之時，任鬼神一出手，又扣住了竹符。

兩人又形成相峙不下之局。

任鬼神心中縱不叫苦，但也叫急。

因爲他聽見唐寶牛正對師兄胡言亂語，把幾個經脈強扯在一起來說，偏是他最清楚鄧蒼生的脾性：鄧蒼生自幼讀書不多，艱苦自學武術有成，卻對一切有關武術學理似通非通、似解非解，但壞就壞在他既一知半解，又求知若渴，凡遇有武學理論，定必趨之若狂，如癡如醉，任鬼神一聽唐寶牛那似是而非的經道脈理，就知道是強辭之理，但對長期摸索對自己所練的「蒼生刺」仍未自滿的鄧蒼生而言，便是極大的誘惑。

於是，任鬼神馬上揚聲向鄧蒼生示警。

起初鄧蒼生還「聽得進耳」，但仍對唐寶牛的「高見」相當迷醉。

張炭見任鬼神居然能在自己的全力攻擊下，還能對戰團外的事瞭如指掌，即是給自己丟臉，在唐寶牛面前可輸不起，想說幾句豪氣的話，但都上氣不接下氣，這下，他就發動了「反反神功」。

任鬼神一掌劈去，滿以爲足可輕易逼開張炭，不料，一種相反的功力把自己的掌力引了開去，消解融化，然後連同合併了對方的攻勢，排山倒海似的攻了過來。

最奇的是，對方的掌力，是由兩種不同，而且絕對相反的功力所構成的。

這兩種迥然不同的功力，又在互相排斥、對消、瓦解、衝激，然後合一，形成一股怪異莫名的掌力，結合了自己攻出去的力量，再反噬過來。

這道理可作一個譬喻：負負得正，如果某人維護「人性」，其實跟「反對反人性」是一樣的意思，也就是說，「反反」即是「不反」。張炭的「反反神功問心掌」就是根據這個道理苦修而成的。

任鬼神這下可不敢輕敵。

他的「鬼神劈」迎虛蹈空，雙臂一挫，雙貫手往這股怪異的掌力劈了回去！

「砰」的一聲，任鬼神等於是一掌接下張炭本身兩股怪勁所合成的「反反神功」，外加剛才自己所劈出去的掌力。

饒是任鬼神功力深厚，也禁不住一陣踉蹌。

張炭哪肯容讓，施展「反反神功」，一招「問心無愧」，又攻了過去！

任鬼神每劈出一掌，等於是跟自己先前發出去的掌力和敵人的內力對抗，發掌越重，回挫愈強，縱是他「鬼神劈」足以驚天地、泣鬼神，但接下了七、八掌之後，也被震得血氣翻騰、金星直冒。

最令他氣苦的是，他在百忙和危急中仍耳聽八方，向鄧蒼生發出警告，可是鄧蒼生就是不聽他的！

張炭乘勝追擊，自是一招比一招緊。

不過一過十招，便一招比一招鬆。

其實只要再打下去，張炭每一招都挾上一掌的餘力反攻，任鬼神每出重手，都等於舉起大石頭來砸自己的腳，他是沒理由不輸的。

張炭的攻勢怎麼反而會弱了呢？

原因很簡單：

因爲他肚子餓了。

卅五 滾，或者，死

張炭的「反反神功」，是一種極其詭異的功力，每出一擊，所消耗的精力，是「大力金剛手」這類極耗元氣的掌功之三十倍以上。

所以張炭一天要吃許多碗飯。

他一向認爲吃飯比吃一切飛禽走獸來得正氣。

他的「反反神功」，力量就源自於飯。

他今天已經吃了很多碗飯。

但打到了第十招，他的「反反神功」便不夠力氣了。

接著下來，化解便出現疏漏。

化解對方掌力越少，而自己的掌力又漸弱，相比之下，任鬼神的「鬼神劈」反而愈戰愈勇，隨時，似都可以把張炭一掌劈殺。

張炭情形危急，連手上的竹符，都給任鬼神奪了回去。

這時候正是鄧蒼生被唐寶牛所騙，臉譜被毀、臉上著了唐寶牛一記直拳之際，張炭見唐寶牛大捷，自己則著著失利，驟然停手，大叫：「等一等。」

任鬼神冷笑道：「你要交代遺言？」

張炭道：「非也。」他趁機大口大口的喘了幾口氣，只覺腹飢更甚，忙道：「你既留了一手，我也替你留了餘地，咱們並無奪妻殺子、不共戴天之仇，不如各讓一步，就此算數！」

任鬼神哈哈笑道：「你少來花言巧語，認輸的就叩首叫三聲爺爺，不然就要你血濺三合樓。」

張炭搖首皺眉道：「不划算，不划算，你太不划算了。」

無論張炭說什麼，任鬼神都不會理他，但說「不划算」，反而令他一怔，當下問：「怎麼不划算？」

張炭笑嘻嘻的道：「叫三聲爺爺，叫了又怎樣？頭點地的對著空氣開三次口，又不留個什麼，這樣就算罰，未免太利人不益己了。」

任鬼神奇道：「那你想怎樣？」

張炭手掌一翻道：「還是我實惠些。」只見掌上有一個小錢囊，裡面大概還有幾塊碎銀子。

任鬼神虎吼一聲。

原來他雖奪回了竹符，但錢囊卻又給張炭趁虛「牽」去了。

張炭得意洋洋的道：「是不是？要不是我不想多造殺孽，留下你一條活路，取你狗命，豈不如探囊取物？現在跟你兩下算和，還不是便宜你了？你再不知好歹，我可不依了。」

其實他精擅「神偷八法」，更精「八大江湖」，要取任鬼神身上事物，不算難事，但偷是一回事，打是一回事，要勝任鬼神，要傷任鬼神，絕不是他能力所及的事。

他的用意，也只不過是要唬一唬任鬼神，好教他不再動手，不料任鬼神的性子剛烈，三番四次遭張炭戲弄，本有愛才之心，早被怒火煎成了殺意，大吼一聲，這回是全力出手，每一掌劈出，足可驚神駭鬼。

張炭沒料到弄巧反拙。

他接了兩三劈，已知不妙，再接兩劈，見情形不對路，想往後開溜，不意忽從窗裡掠入一個頭罩竹籮的人，雙手一展，已封死了張炭的一切退路，而且還封鎖住張炭的一切攻勢。

張炭眼見任鬼神又一掌劈到，心驚神駭之餘，大叫：「救命！」

這正是頭戴馬連坡大草帽遮臉的人，一出手便要誅殺唐寶牛之時！

◇◇◇

任鬼神並不想殺死這個看來不怕死的年輕人。

因為這個看來不怕死的年輕人原來怕死。

一個人要是不怕死，才不喊救命。

一個人連死都不怕了，那還需要別人去救他的命？

他只不過要震傷這個一再耍弄自己的年輕人，要他好好在床上躺兩、三個月罷了。

他這一掌雖不是要殺人，但殺傷力一樣甚鉅。

他想不通這人是怎麼接得下來的。

這人也是個年輕人。

一個穿錦衣華服的年輕人。

這年輕人說來要比張炭還年長一些，但在眉宇間所露出來的傲氣，絕對要比張炭還盛上十倍八倍！

通常，一個人越是傲慢的時候，便是他越年輕之際。人年紀大了，便知道自己縱有絕世才華，也不過是普天下的一個蜉蝣，滄海一粟，在世間中僅佔了方寸之地，就驕傲不起來了。

以這個人的神態看來，他要比張炭還「年輕」十倍。

這人不但傲慢，還冷漠，而且可怕。

傲慢是他的樣子，冷漠是他的神態，至於可怕，是他的殺氣。

但最驚人的，是他的出手。

他竟用一隻手指，接下了任鬼神的「鬼神劈」，而且還致使任鬼神立即收掌。

因爲如果不收掌，任鬼神這一隻手掌便要被一指戳穿了。

這年輕傲慢可怕的人，當然就是白愁飛。

白愁飛一指逼退了任鬼神。

張炭笑嘻嘻的道：「謝謝。」

白愁飛冷冷地道：「我不喜歡你。」

張炭居然一問：「爲什麼？」

白愁飛道：「因爲你沒有種，江湖上尊敬的是有膽色的好漢，不是怕死貪生之徒！」

「錯了錯了！」張炭率然道：「誰不怕死？誰不貪生？死有重於泰山、輕若鴻毛。假如是爲國爲民，成仁取義，誰不踔礪敢死？只是現在我莫名其妙糊裡糊塗的就死在這種人手上，死在不該死之時，死在不該死之地，能不怕死？既怕，爲何不敢叫破？一個人怕，死不承認，那才是充漢子！一個人動不動就拍胸膛敢死，那是莽漢子，稱不上夠膽色，充不上真豪傑！我不想死，我怕死，所以要人救命，要人救命便叫救命，有何不對？難道悶不吭聲，任人宰割，才算有種？這樣的種兒，你要，我可敬謝不敏。身體髮膚，受之於父母，誰不愛惜？人未到死的時候，不是該死的時候，便毫不顧惜的去死，這才是該死！我怕死，就叫救命；怕痛，就叫痛；傷心，就流淚；此乃人之常情，有何不該？叫救命不就是我向人討饒、求苟全殘生而出賣良知，我叫歸叫，哭歸哭，死不肯死，但教我做不該爲之事，張大爺一般有種，不幹就不幹，死也不幹！」

他總結道：「你看錯我張飯王了！」

白愁飛沒想到一句話引出他一大番理論來，被他一陣數落，楞了一楞，楞了一楞，居然道：「有道理。看來，我看錯你了。」

張炭展顏笑道：「不要緊，我原諒你了。」

那剛掠入頭戴竹籠的人道：「不管誰對誰錯，你們都只有一個選擇。」

他加強語氣重複了一次：「最後的選擇。」

他的語氣本就陰森可怖，彷彿他每說出去的一句話，就是等於在生死簿上圈了個名字一般，一個人要不是久掌生殺大權，絕對沒有可能在語言間能透出這樣莫大的殺氣來的。

張炭果然問：「什麼選擇？」

那頭戴竹籠的人道：「滾，或者，死。」

張炭試探著問：「我可不可以不選？」

那人的竹籠在搖動著。

張炭只好轉頭問白愁飛：「你呢？你選哪樣？」

「我不選，他選。」白愁飛盯住竹籮裡的眼睛，跟對方的語氣一模一樣：

「滾，或者死。」

◇◇◇

唐寶牛正想叫救命，卻聽別人先叫了出來，自己倒一時忘了，那隻「軟綿綿」的手已到了他的咽喉。

然後那隻軟綿綿的手突然僵住。

就像忽然被凍結了，成了一隻冰雕般的手。

那隻手既沒有再伸前一寸，扣住唐寶牛的喉嚨，也沒收回，攏入自己的袖裡。

那戴馬連坡大草帽的人，眼睛本來透過草帽的縫隙，毒蛇般盯住唐寶牛的咽喉，現在已縮了回來，盯在王小石的手上。

王小石的手搭在劍柄上。

他的劍柄是刀。

彎彎、小小、巧巧的刀。

不知從何時起，王小石已站到唐寶牛身邊，唐寶牛渾然未覺。

他所站的地方，他所持的姿勢，使那戴馬連坡大草帽的「二聖」相信，只要他的手像毒蛇般叮上唐寶牛咽喉之際，這把刀，或這把劍，也會立時把自己的手砍掉。

他可不願冒這個險。

所以他硬生生頓住。

唐寶牛的大眼睛往左右一溜，縮著脖子、支著腰板、仰著身子，一分一分的把自己的咽喉從對方的虎口中縮了回來，然後又重新站得挺挺的，用大手摸著發麻的脖子道：「好險，好險，幸好我夠鎭定。」

王小石搭劍的手慢慢鬆了開來。

那隻僵著的手也慢慢縮了回去。

很緩慢的、很小心的、很有防備的縮回去。

大草帽裡毒蛇一般的眼睛，已轉到王小石的身上，奇怪的是這雙眼睛很狠、很毒，但卻給人一種美艷的感覺。

王小石笑道：「對，幸虧你夠鎮定。」他說：「如果你不夠鎮定，我也著慌，一慌，有時候想拔刀，會拔錯了劍；有時想拔劍，卻拔錯了刀。」

唐寶牛咋舌道：「那麼說，如果你想砍他的手，會不會一著慌，便砍掉了我的頭？」

王小石道：「幸好我沒砍下去。」

唐寶牛道：「幸好我的頭縮得快。」

王小石忍笑道：「你知不知道世上什麼東西的頭縮得特別快？」

「我的頭。」唐寶牛爽快地答道：「不用問了，一定是我的頭。」

那戴著大草帽的二聖突然道：「你們還想不想保住自己的頭？」

王小石和唐寶牛都一齊答：「想。」

二聖道：「要頭的，就請動腳，自己滾下樓去。」他說話的語調很輕、很低、很微。

王小石居然問：「不要頭的呢？」

二聖道：「不要頭的，就請動手。」他附加了一句：「待七聖主駕臨時，你們可能沒有了頭，也保不住一對腳了。」

王小石不免覺得有些奇怪。通常部屬在外，替主人、領袖歌功頌德、出力辦事，在所多有，可是，如果是心懷叵測、別有圖謀的屬下，在外假借主人頭領之名行利己之事，在外對自己上級一味詆詞，或把惡事往上司身上推，自己卻佔盡便宜、做盡好人，這豈不是比密謀叛變還要可怕？

殺一個人，不過是殺一個人，用語言惡意中傷一個人，傷的不止是一個人，至少有被傷者、說者與聽者，如果聽者有無數人，爲禍就更大了。

王小石忽然感覺到「用人」的可怕；要比「信人」、「容人」還甚。

容人已然不易，要容納異己，容忍與自己意見不一、甚至比自己優秀的人，更是不易。

信人更難。誰不願有人可信？誰不想信人？信人不疑，疑人不信。但信人常常沒有依憑，也無基準，絕對信任一個人，很可能使自己無人可信、信錯了人。

用人則更艱難。

要用有用的人，但有用的人往往不聽用；若用無用的人，無用的人常常用不上。像「六分半堂」，用了些不能用之人，使得「六分半堂」在江湖上得罪的人越來越多、造的孽越來越重；如「迷天七聖」，說不定問題就出在所用之人上，使他們一直不能與「六分半堂」和「金風細雨樓」並駕齊驅、分庭抗禮。

——「金風細雨樓」呢？

——怎麼這干「迷天七聖」的重要人物，老把好事往自己身上堆，惡事往「七聖主」身上推？

王小石因想起這些，於是生了一個警惕。

連他也不知道，這一個無意間的警惕，日後對他有甚鉅的影響，多大的作用。

人生裡許多重大的事情，都是在剎那間改變的，或在不經意的一刻、不著意的事件決定下來的。

人生裡有許多體會，也是在無意間和不經意中，頓悟出來的。

◇◇◇

唐寶牛卻沒有這些感觸。

其實，一個人能少些感觸、少些感覺，也是好事，至少可以少受些情緒的困擾。所以唐寶牛反問：「為什麼你們『迷天七聖』人人都故作神祕，用那些鍋呀蓋呀罩住臉孔，是你們沒有臉見人不成？」

這句話說得夠惹是生非。

二聖居然不氣。

「你們還有一個選擇。」他說。

唐寶牛樂亮了眼：「那最好，因爲我既想保住頭，又想留住腳，但又不想走。」

「你不走可以，」二聖說：「我們帶走雷小姐，你們不插手干涉便是了。」

他補充道：「你打傷三聖的事，我們也可暫不追究。」

唐寶牛沉吟道：「這——」

二聖見他動意，忙問：「怎麼樣？」

唐寶牛苦思道：「我——」

二聖勸道：「你且不管別人怎麼決定，你若不插手，站到一邊去便是。」

唐寶牛遲疑地道：「我想說——」

二聖奇道：「你說呀！」

唐寶牛訕訕地道：「真的可以說？」

二聖道：「儘管說！」

唐寶牛道：「我……我愛你！」

這句話一說，不但把二聖嚇了一大跳，不禁退了一大步，連王小石也唬了一聲，甚至連被打得怒火沖霄的鄧蒼生也楞住了，還有雷純、溫柔、四劍婢一齊傻了。

然後唐寶牛笑得前仰後合，站也不是、蹲也不是，捧腹狂笑，上氣不接下氣地道：「我——哈——笑死——我了——我，我——每次都在——絕不可能的——場合——絕不可能的氣——氛裡，絕不可能的——情形下說——說——哈哈——這句話——都把人給嚇壞——哈——真好玩——真——笑死我了……」

王小石也忍俊不住。

他覺得唐寶牛和張炭，都是很好玩的人物，而且絕頂可愛。

可惜他看不到二聖現在的表情。

但是他可以想像。

——二聖的鼻子一定是氣歪了。

卅六　夢裡花落朱小腰

二聖的鼻子有沒有氣歪，王小石不知道。

可是他的聲音變了。

「好！你敬酒不吃吃罰酒，你會為這句話付出代價的。」他的聲調突然變得很尖銳、薄得像刀鋒劃在細弦上。

然後他的語音才轉為低沉，咳了一聲，才說：「你們既然都不想活了——老夫就成全你們吧！」他特別強調「老夫」二字。

可是他偏偏撞上唐寶牛。

唐寶牛的個性，一開起玩笑來，永遠一發不能收，所以他順水推舟加一句：

「老夫人，您就請成全吧！」

這一句甫一出口，唐寶牛就死了十二次。

假如王小石不在他身邊的話。

二聖的身子猝然彈了起來。

他雙指急取唐寶牛的眼珠。

可是他卻不要挖唐寶牛的眼珠，而是要以雙指刺入唐寶牛的眼球，直自腦後刺穿出來。

看那指甲綻出刀鋒一般的銳光、聽那銳利的指風，就可知二聖對唐寶牛之怨之毒之憤之恨。

——為什麼他會那麼怨？

——為什麼他竟那麼毒？

——為什麼他要那麼憤？

——什麼事使他這般恨？

王小石也覺得唐寶牛的玩笑有些過份，但也不值得這般忿恨。

他已無暇多想。

他長身攔在唐寶牛身前。

二聖三次取唐寶牛一對眼珠，王小石三次截住了他。

到了第四次，連王小石也有些截不住了。

二聖的攻勢著實太凌厲了。

凌厲得竟只求殺敵，不顧自身。

唐寶牛雙眼開始有了一點懼色，但他還是睜著一雙大眼，好奇的看個不休。

這越發使二聖恨不得把他的一對招子活生生挖了出來才能甘心、方可洩忿。

王小石又攔身擋了一次，「哧」的一聲，肩膀上的衣衫竟給劃了一道口子。

二聖第五次撲上來，口裡低叱道：「滾開，不干你事！」

王小石嘆了一聲。

隨嘆息而出刀。

刀光像一首動人的詩。

刀像夢。

夢。
夢裡花落，
夢裡花落知多少？
——「夢裡花落」就是這一刀的名稱。

◇◇◇◇◇◇

大草帽裂開，自帽沿裂出兩半。
帽裡，有一張幽靈若夢的臉容，一張艷美如花的容顏。
但一雙眼神，卻怨毒得像一個暗算。
王小石只斬開了草帽，並沒有傷及這張嬌容。
王小石一招得手，卻愣住了。
也明白了。
——明白了這「二聖」爲何對唐寶牛的話這般忿怒。
唐寶牛也呆住了，大叫一聲，原來打了一個噴嚏。

那女子蒼白著臉，尖勻如鵝蛋的秀頰抽搐著，她咬住下唇，不讓自己發出聲來，就在這時候，唐寶牛竟忍不住發出一聲讚嘆：「哎呀，妳這麼美，就不要用帽子來罩著頭啦，暴殄天物啊！」說著又打了一個仰天噴嚏。

唐寶牛這句話說得人人一呆，但隨即大都心有同感。

那女子想哭，聽到這句話，臉上竟浮現了一種「幾乎要」破涕為笑的神情。

這種神情極難捕捉，但又極美。

少女最美的時候，往往就是這種如白駒過隙，難以捉摸的神情。

大概是因為少女情懷總是詩，而詩一樣的情懷，是最難用語言捕捉的，所以詩是語言中最珍貴的血液，大概即是由此之故！

少女本正想哭，聽到一句讚美，轉成了輕嗔，但又不敢笑出來，這從怨毒轉成薄怒，薄怒轉為輕嗔，直把唐寶牛看傻了。

他一見到美麗女子，在心理上立即自作多情，在生理上馬上打噴嚏。

忽聞雷純道：「原來『迷天七聖』中的二聖，就是『意中無人』朱小腰。」

眾人都吃了一驚。溫柔尤甚。

她到中原來，其中有一個她極想一見的人，就是朱小腰。

因爲她聽說朱小腰有「四很」；很美、很狠、很傲、腰很細。

現在溫柔是看見她了。

她是很美。

出手也很狠。

樣子也很傲。

可是整個人套在一件大袍子裡，看不出她的腰身，也顯不出她的身材。

所以溫柔很爲她抱屈，便道：「妳就是朱小腰啊？幹啥穿這樣難看的袍子，快換一件風裳褶裙，我要看看妳的腰。」

那頭上套著竹籮的人道：「好眼力，雷姑娘，那妳又能看出老朽是誰？」

雷純沉吟。

白愁飛也看不出來，因爲「迷天七聖」來的四聖中，就只有這人還未曾出過手。

「我猜得出來，」忽聽張炭舉手道：「你就是『不老神仙』！」

他就像小孩子第一次把風箏放上了天般的歡呼道：「你是不老峒主顏鶴髮，對不對？一定對！你還是大聖哩！」

那戴竹籬的人全身一震，喃喃地道：「你是怎……樣知道的？」

這次連白愁飛都覺得有些佩服起他來了。

顏鶴髮徐徐除下了竹籬，白髮白鬚白鬍子，但兩道眉毛卻是又黑又濃，臉上皮膚光緻緻的，就像個孩童！他清澈的雙眼裡還充滿了疑問：「我又還沒出手……你是如何得知的!?」

張炭取出兩方古印在手上一揚，笑嘻嘻的道：「你袖裡有兩顆印，一刻『迷天首聖』，另一刻『不老神仙顏鶴髮』，你若不是顏鶴髮，誰才是顏鶴髮？」

顏鶴髮情知懷中古印，一失神間又被張炭偷去，怒不可遏，罵道：「你這個小偷，你——我殺了你。」

白愁飛上前一步，長吸一口氣道：「很好。」右手五指，輕輕的在左手手背上彈動起來。

王小石一見他的樣子，便知道他要發出「驚神指」了。

如果是白愁飛動手，只怕傷亡就免不了，所以他忙道：「你們是非請雷小姐移駕不可？」

「除此之外，」鄧蒼生指著唐寶牛嗄聲道：「我還要殺了他！」

顏鶴髮也向張炭怒道：「我也要殺了這小偷。」張炭卻更正道：「我是大偷，不是小偷。我豈止小偷而已！」

他們都在二人手上吃過虧，非殺張炭和唐寶牛不能洩恨，連任鬼神也大有此意，朱小腰倒不說話了。

王小石道：「好，你們要殺人、要抓人，全先得問過我。這事我攬上了。」

顏鶴髮道：「那是你找死。」

「我們無怨無仇，何必一動手就見血，」王小石道：「不如我們找一個好一點的辦法，大家照樣比武，可是不鬧人命。」

顏鶴髮道：「你要害怕，趕早夾著尾巴站到一邊去。」

王小石道：「我是怕，怕我刀劍無眼，一不小心，把你們給殺了，那我會良心不安，抱憾終生的。」

四大聖主一齊勃然大怒，王小石卻道：「不如這樣吧，你們選一個方式，一齊上來，我一人拜會四位高招，萬一僥倖討了便宜，只請四位放過一馬、罷手算了，如果栽了，死在四位名滿江湖的高人手下，也沒有可怨的。」

這四大聖主見王小石居然這樣賣狂，想以一敵四，心中都不約而同，浮起兩個想法：一是這年輕人一出劍就斬開二聖主朱小腰的草帽，自有過人之能，只怕在這三合樓上，是最難纏的一人；以一敵一，未必能勝，若以四人合敵，倒可一齊毀了他，不過自己都是位高名重的人，四人聯手對付一個尚名不見經傳的人，日後難免遭人話柄，而今隨著他自己張狂自召，正可趁此毀掉一名強敵！

顏鶴髮道：「小子，這是你自己找死，怨不得人。」

王小石道：「這只是我活膩了，沒打算怨人。」

顏鶴髮倒怕他反悔，忙道：「你要擔不起，趕快把說話當放屁，咱們也就不追究了。」

王小石笑道：「就算我說話是放……放那個氣，你們也不是那個氣，任由我說放就放，不認帳死不認帳！」

這一下，四人可全都惱怒了。鄧蒼生沉聲道：「小子，你要怎麼個比法？」

王小石心知總算把四人都激得朝自己發作了，總比白愁飛一動手就見死活的好，面對這四大高手，自己著實也無把握，但事情已攬上了，自是義無反顧，微微一笑道：「隨諸位的便吧！」

鄧蒼生爲人一向老實，只知京城裡來了一個少年高手，腰畔的武器，「非刀非劍，既刀又劍」，十分棘手，知道王小石是以此爲絕學，便道：「我們有四個人，你就一個人，你要高興大可揮刀動劍，我們就以肉掌奉陪。」

王小石道：「你們四位，一位精於『蒼生刺』，十尺內銳風足可撕心裂膛；一位長於『鬼神劈』，丈內可把人劈殺於掌下。」他向朱小腰及顏鶴髮笑道：「至於你們兩位，一擅『陰柔綿掌』，陰勁綿長、柔力及遠，據說能百步外揉滅燭焰；另一位是當年『鷹爪王』後最有聲望的鷹爪名家，自創『不老峒』的好手，隔空制穴，易如反掌。我這點微末功夫，向四位討教，原不值方家一笑，自取其辱，不過又想拜領四位獨門絕技，免失良機……」

他這幾句話說得在場四聖，不管老的少的、男的女的，心頭都一陣飄然，王小石再接著話鋒說道：「以四位精長的武藝，隔空發放，等閑事爾，同樣可各盡所長，各展所學，我們不如就在此地，各離七尺發掌出拳，隔空比試，一來可教我長些見識，二來在下怕死，拳腳無眼，隔得遠些，縱然受些折傷，也可減輕圖存，腆顏偷生，也可保雙方並無宿仇深怨，不必即要分個存亡生死。如果得四位慨允，在下亦以一雙空手，螳臂擋車，獻醜領教。」

王小石這番話一說，可以說是非常的謙虛，也可以說是驚人的狂妄，四名聖主臉上都顯了顏色：這小子真是豬油矇了心，竟敢徒手一敵四，單挑四人所擅絕學!?

任鬼神怒笑道：「我呸!不如你們一伙兒並肩子上，我一個人來收拾你們好了。」

王小石搖頭道：「不行。」

任鬼神道：「爲什麼？」

王小石道：「因爲你應付不來。」

任鬼神怒道：「拔你的劍！」

王小石搖搖頭。

任鬼神厲聲道：「拔你的刀還是劍，你老子要教訓你。」

王小石突然不再搖頭。

他眼中綻發出銳氣。

比劍還鋒利的銳氣。

任鬼神愣了一愣，仍強頑地道：「拔刀呀!望著我幹麼!」

王小石一字一句地道：「你錯了。」

任鬼神似被他銳氣所懾，禁不住問了一句：「爲什麼？」

王小石道：「第一，你不是我老子，第二，你不配讓我拔刀。」

任鬼神退了半步，怪笑道：「我不配，我還操——」

話說到這裡，忽見王小石的手已搭在劍柄上。

任鬼神立即發動。

他準備先出手、看準對方攻勢、準備、閃躲、招架、退後……可是這些意念如電馳星飛，在腦中飛掠而過，眼前已然一亮。

他臉上倒罩著的竹笠頂端已斷落。

是被削斷的。

王小石已出了手。

而且也得了手。

他拔出了劍柄。

他的劍柄是刀。

他的刀削下了竹笠，又回到了劍柄中。

——現在誰都看得出來，如果他那一刀要砍下任鬼神的腦袋，是輕而易舉的事。

沒有人敢再輕視這個年輕人。

沒有人敢再不重視他的話。

正如跟許多事一樣，任何人想要出頭，就得要做出點成績、拿出點實力來。年輕人也一樣。

王小石這一刀，只是一刀，但這一刀包含了多少歲月的苦練，多少名師指導的機緣，還有他所具有的多少人所難得一見的天分。人能在同一樹蔭下納涼、同一塊石頭上坐。也是七百年的修業，一將功成萬骨枯，這一刀能成，誰又知道已耗盡多少心血？

王小石的這一刀，立即獲得了重視。

顏鶴髮乾咳一聲，道：「我們能勝得了你又怎樣？能殺了你又如何？」

「剛才我已說過，你們能拾得了在下，我不管這事，他也不插手這件事情；」

王小石指一指站在他身旁的白愁飛，「你們若贏不了，咱家算是印證所學，後會有期。」

顏鶴髮切齒地道：「好，假若我們四人都擺平不了你，也只有認敗服輸了。」

王小石微微一笑道：「顏聖主言重了。」

白愁飛知道王小石所長是刀劍，絕非隔空發勁，而這四人各有來頭，以一敵四，只怕討不了便宜，不禁有些爲王小石耽心起來了，悄聲道：「你行不行？不然，此陣由我來接也一樣，我的『三指彈天』，正好合這把式。」

王小石這次跟「迷天七聖」中的四聖朝了相，發現並不是如想像裡那樣殘忍暴戾，不想妄下殺手，自己這番出場，便是不想白愁飛多造殺戮，忙道：「我這兒還行，要真丟人現眼，還勞二哥把我拋出城外餵狗，省得讓大哥看了眼冤。」

白愁飛啐道：「不討吉利！胡說！」心裡仍是有些耽心。

這時「迷天四聖」已分四邊站好，任鬼神自是恨得牙嘶嘶的，自在那兒把一雙手掌舞得霍霍有聲，就像兩面鋼鑼，在發出破空銳響一般。朱小腰挽手用繩絲束起了後髮，那姿勢特別撩人，雙手一起，腰袍頓緊，迷人的腰身便顯出來了。顏鶴髮卻捋起袖子，一張臉漸漸脹得紫紅，也不知他血氣旺盛，還是默運玄功。鄧蒼生見兩人嘀咕個沒完沒休，便不耐煩地道：「怎麼？送死的還不下場子領死？」

王小石飛身入場，就站在四人包圍的中間，各隔七尺，四人所守的是乾、坤、坎、離四面，王小石昂然居中，拱手笑道：「請了。」

卅七　手刀掌劍

鄧蒼生第一個就按捺不住。

這些人中，他所吃的虧也最大，他巴不得早些收拾了這小子，好去殺了唐寶牛洩恨。

他雙掌一合，一上一下，擦掌倏分，破空尖嘯之聲陡起，掌勁在嘯聲之前已攻到王小石左肩，但任鬼神的「鬼神劈」卻在「蒼生刺」內力攻到之前，遙劈王小石右肩，其中夾著顏鶴髮一聲清叱：「接招了！」

王小石看準來勢，猛一沉身。

他這一沉身，沉得恰是時候。

「蒼生刺」、「鬼神劈」都擊了個空，兩股剛猛的內力，交撞在一起，「砰」的一聲，任鬼神、鄧蒼生全被對方內勁震得一晃。

但就在王小石沉身的時候，一股柔力已無聲無息的湧至。

柔力就發自朱小腰的皓腕與指尖。

武林中，能以腕底及指尖隔空發動的掌力，本就不多，能使「陰柔綿掌」的人，更是少見，把「陰柔綿掌」練得可自指尖、手腕發勁的，就只有朱小腰一個。

朱小腰這一招似有還無的攻到，但卻要比任鬼神和鄧蒼生那兩記猛攻還要可怕。

王小石忽然雙手一掛。

他的兩片袖子，忽往上空一捲，再撒下來。

他的身子仍然半沉，馬步平貼，這一招看來詭極，朱小腰的「陰柔綿掌」已當胸攻到，他既不躲避，也不硬接，卻突然舉袖，難道是投降不成？

朱小腰這一出招，站在戰局之外的唐寶牛已頓感寒意，張炭不由自主悄悄的退了幾步，以避寒鋒，唐寶牛咬牙苦挺，也暗裡打了冷顫。

而今兩人一見王小石擺出這種姿態，大爲詫異，兩人身影一晃，想要加入戰局臂助，不料分別覺得肩上一沉，雙腳寸步難移，回首一望，原來是白愁飛，雙手各伸出一指，搭在兩人肩膀上。

可是這一隻手指相加，卻彷似有千鈞之力，張炭與唐寶牛休想移動半步。

張炭與唐寶牛心中均是一慄：要是這傢伙是敵人，自己這條性命豈不就像他指下的螞蟻？

卻見白愁飛眼中發著光。

他看著王小石的招式，就心頭發熱，臉上發熱，眼光也發熱。

「好招式！」他心裡喝道。

◇◇◇

「砰」的一聲，朱小腰小小的腰身一挫，令人心疼一折，像要折斷似的，幾乎飛出了窗外，但她隨即又徐徐的站了起來。

腰身美好如昔，並沒有折，也沒有斷。

就像猛烈的強風吹襲，柳枝飄曳，但卻不折。

不過，剛才那一陣豈是強風？

王小石趁「鬼神劈」與「蒼生刺」對擊之際，以巧妙把兩股內勁轉送了過來，跟她的「陰柔綿掌」對擊。

「陰柔綿掌」雖擅於消解內家罡氣，但一下子要面對已經因對擊而爆炸開來的「鬼神劈」與「蒼生刺」厲勁，就像一個本來食量極好的人，忽然要他吞食五十粒蛋，恐怕也吃不消。

唐寶牛這才明白王小石的用意。

也了解白愁飛爲何制止他們前去。

他也想起了張炭的飯量，所以問：「如果我先讓你吃下五十粒蛋，你還能扒下幾碗飯？」

張炭被他突如其來的一問，摸不著腦袋，只好答：「對不起，王八蛋送來的蛋，我一向不吃。」

要不是白愁飛的手指仍按著他倆，要不是顏鶴髮這時已發動了攻擊，兩人這會兒恐怕又要動起手來了。

◇◇◇

「擒拿手」的第一個條件，就是要近身。

如果不能貼身近搏，「擒拿手」根本失去了效用。

事實上，擒拿手在近身搏戰中，一直都是最有用和最有效的武功之一。

可是顏鶴髮的「鷹爪手」卻完全突破了這個限制。

他一發招，就是「金蛟剪」，雖然是隔空發出，可是等於在半空裡有一對無形的鐵手，左扣咽喉右鎖脅，急攻向王小石。

王小石在方寸之地，急翻疾騰，「橫架鐵門閂」，步眼陡換，「雲龍抖甲」，破解這一招隔空擒拿。

顏鶴髮的「隔空鷹爪」，卻一招緊過一招，「韋陀捧杵式」，跟著捲掃而至，招未用老，「沉雷洩地」、「鐵羽凌風」，上攻下取，掌力凌空，真快真勁，不容登空，便已變招撤掌，易招換式，勢子快若電光石火。

這簡直比與人近身肉搏施展擒拿手術，還更多了一層方便，更增一倍猛烈。

顏鶴髮這一出手，王小石便嘆了一聲。

白愁飛也「噫」了一聲。他知道此刻若換作自己，「驚神指」也得要出手了。

——卻不知王小石如何應付？

王小石長嘆一聲，出刀。

他並沒有拔刀，如何出刀？

他只是以掌爲刀。

刀劃空，刀勢破空，刀勁越空。

刀氣在顏鶴髮每一招剛剛施出之際，已劃斷了他的後勁。

故此，就算顏鶴髮「隔空鷹爪」施加在他的身上，也等於完全失去了效用。

顏鶴髮每攻一招，王小石就發隔空刀氣，切斷了他的勁力。

對方每攻一招，他，即隨手破去。

顏鶴髮身形急走，這人童顏鶴髮，激戰時眉髮激揚，臉容又俊秀異常，但攻出了三四十招、依然打空之後，他的一張臉，也越脹越紅了起來，也難免開始有點氣喘吁吁了。

王小石好整以暇，只看準來勢，對方招式一發，他才發刀。

——這是什麼刀？

白愁飛在這時突然想起了「手刀」。

可是王小石所使的，還不止於「手刀」。

「手刀」尚不能隔空發勁。

王小石以手爲刀，揮灑自如，使來宛如手中握有一把丈七長刀，無堅不摧，無固不破，無攻不克，縱控自如、似刀非刀、意在刀先，刀隨心到的「心刀」。

「心刀」猶勝「手刀」。

王小石的出手，更像「心刀」。

王小石每劃出一刀，顏鶴髮便得手忙腳亂一番。

王小石並沒有反攻。

他只是破招。

他的刀越使越快，越來越凌厲，三合樓上，全被森寒的刀氣所籠罩。

不過他的敵手，卻不只是顏鶴髮一人。

朱小腰、任鬼神、鄧蒼生也全力出手。

「陰柔綿掌」、「鬼神劈」、「蒼生刺」和顏鶴髮的「鷹爪手」隔空交織成猛勁柔力的氣流，縱橫交錯，攻殺王小石。同時間，四人方位疾變，乾、坤、坎、離、艮、震、巽、兌。四大方位急移，兼走休、生、傷、杜、景、死、驚、開，一時斜月三星式，一時漁父撒網式，手底下綿延迴環，四人鼻窪鬢角都見了汗，每招擊虛攻隙，閃翻攖撲，這下才算是激出了四人的看家本領、一身功力。

一向膽大的唐寶牛，也爲之目眩神馳。

本來戲謔的張炭，也爲之目定神呆。

王小石的刀勢漸弱。

張炭忽問：「你想你的朋友死？」

白愁飛本來正在注視場中，眼中發出狂熱的光芒，聞言一怔：「什麼？」

張炭道：「你再不拿開你的手指，張大爺就不能去幫你的朋友，你的朋友就要死了。」

白愁飛一笑道：「你放心，我這個朋友，可不怎麼容易死；能制他死命的，依我看，京城裡，只有幾個人有資格，但也說不定反死在他的手上……」

唐寶牛眼裡不放過這麼精采的劇戰場面，耳裡又不放過張炭和白愁飛的對話，口裡更接問道：「他們是誰？有沒有我唐巨俠？」

白愁飛雙眼也盯著場中，就像看一件稀世奇珍，喃喃地道：「雷損、蘇夢枕、我、關七、狄飛驚、雷動天……」

驀地，場中劍光掠起。

王小石發出了破空劍。

他右手發刀，左手出劍。

刀劍仍在鞘中。

但他以手使刀作劍，無疑要比真刀真劍更凌厲。

白愁飛見劍光，語音一頓，失聲道：「不行，雷動天還不行！」

他一說完這句話，場中局勢大變。

任鬼神突然發現他的「鬼神劈」勁力被切斷、內力反挫，他正竭力卸去自己所發出的內勁，王小石已向他凌空發出一劍。

任鬼神倉促間硬接了一劍。

他橫飛出了窗外，然後扎手扎腳的掉了下去。

——那是因爲他應付這一劍已盡了他全力，連騰身輕功也無法兼顧。

他掉下樓去的時候，正好是鄧蒼生破牆而出之際。

鄧蒼生要應付王小石的凌空一刀，奮力接下，但被自己所發出的「蒼生刺」回挫，硬捱一記，撞破木板，往樓下落去。

朱小腰在刀風和「陰柔綿掌」狂風驟雨般的回挫之下，腰似柳條，遊轉飄蕩，一忽兒飄上屋樑，一忽兒飛上柱椽，就像一葉輕舟，在雷行電閃與驚濤駭浪中起伏浮沉，但始終沒被吞滅。

雖然未被吞噬，但畢竟也失去了方向。

顏鶴髮始終以鐵牛耕地式強撐，手指卜卜作響，每攻一招，這種卜卜之聲更加沉響，刀光閃動，劍氣縱橫，王小石的一雙空手，竟比真刀真劍還可怕。

顏鶴髮的眉愈白，鬚愈白，髮愈白，但臉色更是漲紅。

他突然大叫一聲，沖天而起，一手在朱小腰腰身一攬。

朱小腰水蛇般的腰身，像被突然灌注了元氣一般，陡地彈起，與顏鶴髮齊掠出窗外，唐寶牛大奇，脫口道：「打不過，溜啦？」話未說完，顏鶴髮、朱小腰、任鬼神、鄧蒼生已一齊掠了進來。

原來顏鶴髮自知困戰下去，仍得敗於王小石的凌空刀、隔空劍下，於是驟然放棄，以內力灌注朱小腰，助她卻開挫力，兩人再一齊搶出窗外，截救了身形直往下墜的任鬼神與鄧蒼生，再度掠回三合樓來。

王小石一見他們又上了來，分別站在東南西北四面，微微嘆了一聲。

他五指本已放鬆，現在又緊攏了起來。

左劍右刀。

白愁飛在王小石一發出「凌空銷魂劍」的當兒，想起一位名動天下的人物。

冷血。

「四大名捕」中的冷血，平生與人搏戰，只進不退，只攻不守，絕學四十九劍，無一式迴劍自守，聽說他的第四十八劍，是以斷劍作招，後來又創出第四十九劍，以劍鍔爲招，而還有第五十劍——最後一劍。

「劍掌」！

很少人能逃得過冷血的「劍掌」攻勢下，就算武功比他高的人，也不例外。

冷血的「劍掌」並不出名，因爲那是他的殺手鐧。

一個人的殺手鐧，越是少人知道，越能達到殺手鐧的效果。

同理，讓人知道得太多的殺手鐧，就未必能算是殺手鐧了。

冷血把掌和劍合而爲一，掌就是劍，劍就是掌，劍在人在，劍亡人亡。

王小石的「凌空銷魂劍」則不一樣。

既沒有掌，也沒有劍。

他使的可以是掌，也可以是劍，忽掌忽劍，不掌不劍，但跟右手刀配合之下，他的左手便赫然是劍，發揮了劍的威力，而且還發揮劍所發揮不到的威力。

故此，王小石左手劍的威力，可以說是被右手刀逼發的，而他右手刀的威力，也是給左手劍引發的。

這種威力，令人嘆爲觀止。

令人咋舌。令白愁飛只有一個想法：

——不知自己的「三指彈天」在王小石的「隔空相思刀」、「凌空銷魂劍」一戰，究竟誰勝誰負？

——若自己不能與這絕世奇刀、罕世奇劍一戰，可以說是天大憾事！

王小石也一臉憾色。

「再打下去，我可不行了；」他拱手道：「四位就此停手，咱們無仇無怨，何必非分死活不可？」

四人互望一眼。

顏鶴髮沉著臉色道：「錯了。」

王小石知道四人必不肯干休。在世間裡，有多少人勇於接戰而又肯承認失敗呢？他只有道：「那麼……」

顏鶴髮斷然道：「我們不打了。」

王小石一愣，忙道：「承讓，承讓。」

顏鶴髮截道：「什麼承讓，我們根本沒有讓，已盡了全力，但還是打不過你。」

他頓了一頓，才道：「我們絕對打不過你。我們輸了。」

王小石反而大吃一驚，心中震佩：這四名聖主，不愧為成名人物，竟然服輸，當眾承認戰敗。

顏鶴髮接道：「不過，我們也很遺憾。」

王小石奇道：「為什麼？」

顏鶴髮微喟道：「我們保不住你了。」

王小石不明所指。

顏鶴髮道：「因為七聖主已經來了。」他補充道：「剛才我們踏下去的時候，看見七聖主和五聖、六聖，已到了樓下。」

白愁飛暗吃一驚，有三人到了三合樓下，居然連自己也一無所覺！

只見鄧蒼生、任鬼神、朱小腰臉上都出現很奇特的神色。

有的像是惋惜，有的像在慶幸，有的簡直是在幸災樂禍，總而言之，他們的眼光都似在看幾個臨死的人最後一面。

王小石頓感不服氣，哼聲道：「迷天七聖主是什麼人物，我早想拜會拜會。」

只聽樓下一人稚嫩的聲音道：「想見我，就滾下來吧！」

王小石笑嘻嘻的道：「我想見你，你滾上來吧！」

他這句話一說出口，眼前腳下，就起了翻天覆地的變化！

卅八　空洞的人

突然間，他們所站立之處，轟然下墜！

他們就算想縱起、跳避、找落腳處，也完全沒有用。

因爲整塊三合樓二樓的地板，一齊往下墜去，彷彿這二樓木板原本就架在虛無縹緲的地方，現在頓失所倚。

一時之間，所有的事物，連人帶桌椅，包括四名劍婢和四名聖主，身子一齊往下沉。

塵煙四揚，那一大片木板轟然墜地！

白愁飛依然站立，飄然塵埃不沾。

他已閃到雷純和溫柔身後。

就是因爲他的兩隻手指，溫柔和雷純才並沒有仆倒。

四劍婢則跌跌撞撞，陳斬槐更摔了個仰八叉，四名聖主們早有準備，所以並不狼狽。

唐寶牛則麻煩了。

他的塊頭特別大，在往下墜時，一時衝向前面，一時落到後面，拚命想把穩樁子，偏生馬步又不爭氣，踉踉蹌蹌，幾乎跌個餓狗搶屎。

張炭輕巧較佳。

可是他更忙。

他忙著去搶救那五十七隻碗。

五十七隻空碗。

那是他吃飯的傢伙，絕不能打破。

這一干人隨著木板，落到樓下，樓下已沒有人、沒有桌椅，彷彿都給人神不知、鬼不覺的移開了，只剩下一個空空的店。

有兩個人，都蒙著臉，正迅速飛掠到三合樓門前一人的身邊。

這兩個蒙臉人在彈指間便折下一切支撐著二樓地板的事物，然後即往七聖主身邊倚立。

眾人落地，驚魂甫定，只見朱小腰、鄧蒼生、顏鶴髮、任鬼神都向門前坐著的那人恭聲道：「屬下叩見七聖主、關七爺。」

一時間，眾人的注意力，全都在「七聖主」的身上。

「七聖主」——迷天關七，究竟是個怎樣的人物？

◇◇◇

他們沒有看到關七。

他們只看到一個空洞的人。

這個人並沒有蒙面，也沒有戴上頭笠之類的東西。

你一看這個人，便知道他是一個完全「空洞」——這「空洞」，係指他的思想、感情、過去、現在、未來，甚至一切。

他的表情似在苦思，眉峰、鬢髮上也似蓋上了雪花，但他卻有一張孩子臉。

這張孩子臉與顏鶴髮全然不同。

顏鶴髮是保養很好，童顏鶴髮。

這人卻似長大到一個地步，就完全停頓了下來，他眼神的茫然，已經達到了空洞的地步，甚至他的五官和表情，都只讓人有一種空洞的感覺。

這個人，是坐在一張能夠推動的黑色椅子上。

這張椅子與其說是「椅子」，倒是更似囚車——四面都是黑色的鐵，像個鐵箱子，人坐在裡面，只露出個頭來，就像是押解要犯一般。

不過，鐵箱子只閂上了三面，有一面是打開來。那是正面。

因而，在場每一個人都可以看到這空洞的人，雙腕之間，被一條斑褐色的鎖鍊扣著，鋼箍就在腕上，鐵鍊長僅二尺，雙踝之間，也有鋼箍，扣著三尺不到的斑灰色鎖鍊。

這個人，就像監犯一樣。

眾人見到了這人，只是他白晰得不可思議，想必是終年累月見不著陽光，心中都爲他感到憐憫起來。

尤其是張炭。

他健康膚色與那人一相映照，更加對比強烈，他只看了那人一眼，就覺得很不舒服，更爲剛才差點摔了一大跤而不快，於是喝問道：「誰是七聖主？我們已下來了，還不滾出來！？」

他這句話一說完，那空洞的人陡然抬頭。

那人一抬頭，張炭就嚇了一跳，忍不住退了一步。

他從來沒有見過那麼可怕的目光。

那麼剛烈的目光，那麼可怕與凌厲的目光，居然是從一對完全空洞的眼裡發出來的。

厲光一閃而沒。

張炭已一時說不出話來。

他心頭有很奇怪的感覺。

他一向不想死。他活得十分愉快，也十分充實。他跟雷純相知，因爲曾經答應過她一句話，受過她一次恩，便發誓要維護到她出嫁爲止，跟這樣一位紅粉知音在一起，他的心情自然是十分愉快；何況他天天吃飯，這是他最大的興趣，如果死了，便吃不到飯了，所以他從來就沒想過死。

而且他還十分怕死。

能不死時，他盡量不死。

爲了不死，他不惜哭，也不惜喊救命。

他從不希望結束自己的性命。

可是他只被那人看了一眼，忽然間，心頭就似壓了一塊鉛鐵，幾乎有點想去死。

死是一種萬念俱灰的決定，不過那也只是一個決定，跟決定生、決定喜歡一個人、決定使自己開心起來一樣，都只是一個決定。

不過，當「不如一死」這個念頭生起來的時候，也同時是決定不再決定其他任何事情的時候——所以才有所謂：「求死是不能解決任何事情」之說。

張炭只被那人看了一眼，突然就閃過：「生不如死」，這樣的念頭。

天昏黯灰沉，風捲雲湧。

風是逆風。

烈風吹得眾人幾乎睜不開眼。

顏鶴髮沉聲道：「七聖主關七爺已經來了，休得無禮！」

眾人心中都是一凜。

——這形同白痴般、囚犯一樣、空洞的人，竟然就是名懾天下、神秘莫測、武功高絕、號令黑道的關七！

眾人還是驚疑不定，忽聽頭頂上有人說道：「他是關七？還有沒有關八？」眾人猛抬頭，只見王小石一手攀住屋樑，往下注視，笑嘻嘻的看著下面的人。

關七也抬起頭來，眼神茫然。

王小石笑道：「可不是嗎？還是你抬頭看我在先。」說著飄然而下。剛才他聽到外面有人喝令他滾下來，樓板立塌，他立即飛躍而起，攀住橫樑，依然堅持讓關七先抬目看他，他才肯下來，飄然落到關七面前。

關七也不生氣，只迷迷惘惘的道：「關八，誰是關八？」臉上露出苦苦思索的神情，可是這一來，更顯空洞。

站立在關七身旁，一左一右有兩個人。

兩個人都蒙著臉，像兩尊鋼鑄的巨俑；右邊的人，穿著寬袍肥袖，指掌全攏在袖裡；左邊的人，戴著鹿皮手套，看去手指比一般人幾乎要長出一半來，誰都沒有忘記這兩人就是剛才把整棟樓像切豆腐一般拆下來的人。

長指的人忽趨近關七耳邊，細聲細氣的說：「七爺，請下令。」

關七茫然道：「下令？下什麼令？」

蒙面長指人道：「他們有辱聖主的威名，該下決殺令。」

關七眼中迷茫之色更甚：「他們膽敢辱我的威名？他們為什麼要辱我的威名？」

蒙面高個子的長指人道：「他們不僅褻瀆聖主威名，還阻攔聖主迎娶雷姑娘的事。」

關七臉上仍是一片惘然：「我迎娶雷姑娘？」

寬袍肥袖的人短小精悍，結實得像一記沉雷，乾咳了一聲，道：「雷姑娘就是『六分半堂』雷總堂主的獨生女兒。」

蒙臉長指人不單是指長，身形也很修長：「聖主要娶雷姑娘，雷姑娘就是聖主夫人，聖主夫人就是你的夫人，可是，這個不知天高地厚的小子卻來阻攔。」

關七臉上已出現懊怒的神色：「誰是雷姑娘？」

修長個子用中指向雷純遙相一指，道：「便是她。」關七看了一眼，忍不住看第二眼，看了第二眼，又禁不住看第三眼，越看，眼裡的茫然之色逐漸消減，取而代之的是溫柔之色。

可是，這時候，場中已起了極大的變化！

原來那修長個子向雷純遙指，白愁飛已橫行一步，準備萬一對方出擊，他可以及時出手。

他已經看得分明：這一高一矮一修長一精壯的五、六聖主，身份只怕要比前面四名聖主來得更高，而且武功也更莫測。

但他還是意想不到。

修長個子中指向雷純一指，尾指也同時翹起；向雷純那一指什麼事也沒發生，但尾指朝向處，一股勁風，陡然飛襲，一名蘭衣劍婢哀呼一聲，額上濺出血絲，仰天就倒。

修長個子陰笑一聲，令人不寒而慄。

三劍婢驚呼，見同伴印堂穴汩汩流出鮮血，又驚又怒，仗劍向修長個子衝去。

白愁飛知道這些人絕非這修長個子之敵，急叱：「停步！」

那三劍婢因傷憤於同伴之死，不管一切，仗劍要衝去拚命，唐寶牛不忍見她們去送死，連衝幾步，雙手一探，抓住兩名劍婢肩膊，道：「別去！」

那兩名劍婢都是年輕女子，而今被唐寶牛一對大手，搭在肩上，正是寸步難移，心中羞憤，同時返身，一左一右，啪啪兩掌，摑在唐寶牛臉上。

唐寶牛嘩嘩大叫：「妳們怎麼打人!?」撫臉呼痛不已。

菊衣婢女氣呼呼的道：「誰叫你不規矩，教你知道厲害！」

張炭見唐寶牛抓住兩名劍婢，他也長身攔住另一名梅衣劍婢，忽瞥見一旁的唐寶牛吃上耳光，果爾梅衣劍婢也一掌括來，他連退兩步，閃躲得快，嘻嘻笑道：「前車可鑒，萬幸萬幸！」不料，得意中一腳踩在溫柔的腳上。

溫柔見那修長個子一出手便施暗算，殺了蘭衣劍婢，溫柔自是大為震怒，她正要衝上，卻被唐寶牛龐大身形攔住。她的輕功甚佳，一閃而過，不料剛好給張炭陡退之時，踩了一腳，痛得入心入肺。

溫柔這下心頭火起，抬腿就給張炭臀部一腳：「死東西！敢踩本姑娘的腳趾！」

張炭忽然踩著溫柔，乍然返首，只見一張臉輕嗔薄怒，美得忘了形，心中不知怎的，同時忽然想到兩個本來實在不相干的句子：「阿彌陀佛」和「唯小人與女子難養也」，忙不迭想道歉，豈料「對不起」尚未出口，溫柔已一腳踹來。

饒是他躲得快，不致屁股捱踢，但腿肚子也給溫柔蹴了一下，踉蹌了幾步，怪叫道：「妳這算什麼——」

這一來，梅、竹、菊三劍婢都無人相攔，又持劍衝向修長個子。

白愁飛眉心一皺，向雷純道：「快喝止她們！」

雷純不徐不疾的叫道：「不要去。」

梅、菊、竹三劍婢陡然止步，竹劍跺足抗聲道：「小姐，蘭姐她不能白死……」

雷純眼中也含怒憤之色，但平靜地道：「白公子和王少俠會爲我們討回個公道的。」

王小石早已一步跳出來，向修長個子戟指喝道：「你爲什麼動手殺人!?」

修長個子陰聲道：「既然動手，便應殺人；不殺人又何必要動手？」

王小石怒道：「好!你可以隨便殺人，我可以隨時殺了你。」

修長個子似乎在垂目端詳自己的手指：「一個人如果有本事隨時殺人，他就有權隨時把人殺死，只可惜你沒有這種本領，所以你只能作一個被殺的人。」

王小石怒笑道：「你怎麼知道我沒有殺人的本領？」

修長個子傲道：「因爲你遇到我。因爲京城裡沒有你這號人物。」他陰惻惻的道：「自廢一臂一腿，滾出京城去，我們『迷天七聖』或可饒你小命！」

王小石忽然笑了起來。

怒笑。

白愁飛也在笑。

傲笑。

從來沒有一個人笑起來的時候，會像他那麼傲慢。

唐寶牛看在眼裡，也很想笑上一笑，在旁的張炭就問他道：「喂，你傻笑什麼？」

唐寶牛爲之氣結。

修長個子也爲之氣結。

因爲他聽到王小石跟白愁飛的對話。

「你有沒有聽見他說什麼？」王小石問白愁飛。

「他在交代遺言。」白愁飛說。

「他錯了。」

「他錯得很厲害。」

「本來，我們來這裡，是保護雷姑娘，無論哪一方勝，哪一方敗，都不必殺人拚命。」

「本來是的。」

「可是，這個人一來，就殺了一個全不相干的女孩子。」

「殺人償命，欠債還錢；」白愁飛冷峻地道：「欠人性命，還人一命，這是江湖上千古不易的道理。」

「對，他既然殺了人，就得準備被人殺；」王小石道：「所以，這交手已跟先前的不一樣。」

「剛才是比試，現在是定生死。」

「既然如此，這兒一切，就請二哥料理照顧。」王小石拱手道：「我先上一陣。」

「對不起，這人的命，該我來取，你來照應大局。」白愁飛長飛攔在王小石面前，堅定地道。

「這……」

「剛才你已上了一陣，這陣該輪到我來。」白愁飛雙眼一直盯著修長個子的手指：「何況，他這一指，揉合了『落鳳掌』、『臥龍爪』兩門絕學，已失傳多年，我算是看走了眼，他在我面前殺人，這事理應由我攬上。」

「二哥……」

「就算你對我沒有信心，也應該相信我的『驚神指』，」白愁飛道：「你放心，今天來的高手，還多著呢！」

兩人談話間，簡直是把修長個子當作一個死定了的人，只在討論由誰下手而已。

氣惱之外，更令修長個子心驚的是：自己揉和兩大絕學「臥龍爪」和「落鳳掌」所創的「雷鳳爪」，竟給這倨傲的青年一眼看穿！

修長個子突然有一種特異的感覺。

他必須要殺死這一個人。

否則，總有一天，他會被這人所殺。

忽然之間，兩個人的命運就像交織在一起，誰必須殺死誰，其中一個必死在對方的手上。

卅九　三指彈天

白愁飛灑然行了出來，頓感覺到風勢強勁。

「你是誰？」白愁飛傲慢地道：「我手下一向不殺無名之輩。」

「你又是誰？六聖主手下一向不殺無名小卒。」修長個子說，但他立即發現，他的話已不知不覺的「模仿」了眼前這個傲岸的年輕人。

「原來是六聖主，」白愁飛冷誚地一笑道：「那你不算是無名之徒，只不過是見不得人的東西。」

六聖主怒極，但他很快的就控制了自己的情緒：「你知道我們『迷天七聖』這次總共來了多少人嗎？」

白愁飛只見大街小巷，連一個人也沒有，只有狂風捲沙，吹得一些木門傢俱吱嘎作響。

「這趟來了兩百一十七人，都是我們的精兵，」六聖主得意地道：「何況，還有七聖主親臨。」

然後，他下結論：「你膽敢說出這種話，你是死定了。」

白愁飛突然笑了起來。

「你真可憐。」他道。

六聖主的怒意又陡升起來。

這次，他幾乎壓制不住自己。

「你為了威嚇我，不惜抬出帶來的一班烏合之眾，又怕得罪關七，慌忙抬出他來壓陣，誠惶誠恐，既怕風大又想起浪，我真為你感到丟臉，」白愁飛的語言如尖刃，「究竟你是沒有信心，還是想找幫手？」

六聖主尖嘯一聲。

他從來沒有感到那麼憤怒過。

他的身形一晃，可是，在他身旁那名短小精悍的五聖主，卻突然「彈」了出去。

說他「彈」了出去，他真的似在極強力的機簧上「彈」了出去的。要不然，任何騰動，都沒有這種聲勢。

甚至還發出劇烈的破空之聲。

他第一個掠過的人便是王小石。

他的手已自衣袖裡「拔」了出來，就像拔出了什麼利器，隔空發出一掌。

他的手掌又短、又粗、又肥、又厚，而且手指奇短，短得幾乎只有常人的第一指節。

王小石雙掌一挫，硬接一掌，正要猱身而上，攔截他的來勢，陡然，發現這一掌有三重可怕的威力，同時逼發。

第一層是掌力，波分浪裂的掌力。

第二層是陰勁，驚濤駭浪的陰勁。

第三層是毒力，排山倒海的毒力。

接掌的人，就算能抵得住掌力，也會被他掌力所蘊含的陰勁而分筋錯穴，就算也能抵擋得住他的陰勁，也會爲他掌力陰勁所帶出的毒力所制。

王小石連忙斂住心脈，飛退。

五聖主已到了唐寶牛和張炭頭上。

唐寶牛長空掠起，作勢一攔。

他塊頭大，這一攔可說是飛鳥難渡。

可是他的人才騰起，左腳已被任鬼神一把握住，往地上拖。

唐寶牛天生神力，任鬼神這一拖不下，反被他往上空扯，雙腳離地。

鄧蒼生這時也及時掠了過來，一把抓住唐寶牛的右腳，兩人一齊合力把唐寶牛往地上扯，但唐寶牛力大無窮，竟把二人一齊扯到半空。

三合樓只有兩層樓，二樓已塌，他們縱了上來，唐寶牛為了跟這兩人比力氣，施出了蠻勁，竟竄上了老半天，撞破屋頂而出，然後才落了下來。

但他已忘了，自己為了什麼竄上來的。

張炭跺足冷哼，他知道該由自己攔住五聖主了。

他的五十七個空碗，忽爾合而為一，變成一條碗柱，像棍子一般飛掃五聖主。

五聖主掠勢急變，但張炭的碗柱也急變。

五聖主縱到哪裡，他的碗就擱到哪裡。

可是他的碗往上攻，胸腹之間，幾乎被顏鶴髮的一雙鐵爪，抓成了千瘡百孔。

顏鶴髮已然欺近，張炭顧不得攔阻五聖主，五十七隻空碗一分為二，便成兩條碗鞭似的，遠攻近守，封截顏鶴髮的攻勢。

五聖主已到了溫柔身前。

溫柔等著有出手的機會，已等了好久了。

她一跳就跳了出來，沉馬、甩髮、揚刀，嬌叱道：「呔！本小姐——」

倏地，纖細的人影一晃，朱小腰一掌拍來，刁、拿、扣、彈，已奪去了她的刀。

溫柔氣極了。

朱小腰一招得手，冷笑疾退，但人影倏閃，急攻她的咽喉。

朱小腰一愣，忙迴刀封切，溫柔變招，急切朱小腰的手腕。

朱小腰一笑道：「還妳又如何？」棄刀反擊，掌攻溫柔腰脅。

溫柔的身形，像鵝毛遇急風一般，陡然飛退，又揚刀霍霍，舞了幾個刀花，叱道：「鼠輩！膽敢暗算本小姐！來吧！」

朱小腰倒是心中自惕：這小妞武功稀鬆平常，但刀法倒是俐落，如果肯痛下苦功，這套刀法決不可小覷；更須提防的是她的輕功，彷彿就是「天山派」的「瞬息千里」身法，自己奪刀後旋又被對方所奪，就是沒料到對方的輕功如此快而無聲，險些失著。

溫柔失刀，面上大大無光，幸仗著小巧身法，及時奪回兵器，只想跟朱小腰一拚，渾忘了攔截五聖主的事。

梅、菊、竹三劍婢，同時出劍，刺向五聖主。

這一劍九式，只要一劍既成，三劍迴旋，即成陣勢，就算是武功比她們三人合起來都高的人，也得爲劍陣的威力所制。

可惜她們少了一人。

蘭劍已歿。

五聖主一掌就把三人掃了出去。

他已到雷純身前，本想一把揪住她。

可是雷純很定。

定得很美。

美得很靈。

靈得很定。

大敵當前，危機四伏，她一點也沒有慌張，一雙幽靈若夢的眼，正凝向五聖主。

五聖主一呆。

連他這樣凶戾的人，一時也不敢生冒瀆之心。

五聖主當下一揖道：「得罪。」化掌為指，想點倒雷純。

可是他的手才一動，忽聽背後有人說道：「小心了，從現在起，你只有退，一直退到你原來的地方為止。」

這句話一起，他就看見劍光。

聽見劍風。

發現劍氣。

以手發出來的劍光、劍風、劍氣。

這句話說著的時候，他就開始在退。

無論他招架、閃躲、逃避、反擊，都沒有用。

如要保命，只有退。

這句話說完的時候，他已退到原來的地方——關七的身邊。

然後他才能喘一口氣，看見向他出劍的人，正是王小石。

笑嘻嘻、無所謂、無可無不可的王小石。

他現在完全相信，如果剛才王小石要殺他，決非難事

如果王小石還加上「相思手刀」，要殺他根本就不費吹灰之力。

他發現身邊還有一個人。

那是六聖主。

可是六聖主已完全換了個樣子。

他幾乎認不出是他了：因爲六聖主的一身衣衫，破爛零碎，已跟行乞了二十年的叫化子沒什麼兩樣。

也許所不同的只是：六聖主的衣衫，只破爛，而不髒。

◇◇◇

其實，六聖主在尖嘯的時候就動手。

他一晃身就到了白愁飛的身前，但這一晃身的功夫，他已隔空攻出六指。

六指破空，如劍氣般飛襲白愁飛。

兩人距離愈近，指勁越是厲烈。

白愁飛笑了。

他捋袖。

舉起左手。

伸出尾指。

然後反擊。

他每一揚指，就有三震，在他第一震的時候，六聖主已攻到第六指。

六聖主壓根兒沒有攻出第七指。

因爲他攻不出。

白愁飛一出指，破空四射，六聖主只有閃躲。

用盡一切辦法閃避。

白愁飛一輪急攻，尾指再加上無名指，六聖主退得越遠，卻感覺到對方指風，越是劇烈。六聖主衣衫已被指勁切碎割開，狼狽異常。

六聖主一面疾退，一面閃躲，但全力往關七的鐵椅那兒靠攏。

白愁飛明白他的意思。

六聖主是向關七求救。

白愁飛也不知是無意抑或是特意，其中一指，破空攻向關七。

關七一臉茫然，然後他的手像捧起一杯茶送進嘴邊似的，這動作做得不徐不疾，不速不變，只是一個極平常的動作。

可是白愁飛立即感覺到自己這一指宛似泥牛入海，指勁不但一點效用也沒有，而且像在突然間消失了。

白愁飛心頭一震，收指，不再追擊。

關七臉色依然惘然，眼神卻不那麼空洞了。

他一直望著雷純，臉上竟出現溫柔的神色來。

他化解了白愁飛那一指，自己似乎也並不知道。

這時候，大家都停了手。

六聖主死裡逃生，十分凶險，氣喘吁吁的向白愁飛怒指道：「你這是……什麼指法!?」

「『驚神指』。」白愁飛調侃似的說，但全心戒備著關七：「『驚神指』裡的『三指彈天』，我用的只是尾指，威力最小的手指。」

六聖主厲聲道：「江南霹靂堂的雷捲，是你什麼人!?」

白愁飛道：「你不配問。」

「我可不可以問你們一件事情？」

這聲音很細、很嫩，甚至很幼稚，問得也很客氣、很得體、很婉轉，甚至很空洞、很沒有信心的樣子。

這卻是關七向他們問的話。

白愁飛呆了一呆，道：「請說。」

王小石也過來，站在白愁飛身邊：「請問。」

「雷姑娘是我的夫人，你們為什麼要拆散我們？」關七這樣問。

堂堂「迷天七聖」的領袖居然問出這樣的話來，一時間，白愁飛也不知道怎麼回答。

王小石忙道：「因為雷姑娘不答應。」

關七惘然道：「是雷姑娘不答應嗎？」他遠望著雷純，輕輕地問。

雷純在遠處堅定地道：「我不答應。」

關七道：「為什麼？」

白愁飛冷笑道：「你知不知道，你想要知道的答案，會令你很難堪？」

關七道：「我不管。我要知道答案。」

白愁飛揚聲道：「好……」正要說幾句傷人的話。

王小石忙截道：「因爲雷姑娘已訂了親。」

關七迷茫地道：「誰要雷姑娘訂親的？」

張炭搶著道：「是雷總堂主。」

關七茫然道：「雷總堂主？」

六聖主忙俯身道：「就是『六分半堂』的首領雷損。」

關七彷彿在苦思些什麼，然後又問：「雷姑娘跟誰訂親？」

王小石和白愁飛對眼前這個蒼白的人，都詫疑起來，忙著觀察，反而沒有答話。

唐寶牛見張炭開了口，他也大聲地道：「是蘇夢枕！」

關七恍恍惚惚地道：「蘇……夢……枕……」彷彿這名字很熟悉，可是一時又想不起是什麼人。

五聖主也壓低聲音道：「是『金風細雨樓』的樓主蘇夢枕。」

「哦，是他。」關七向雷純搖搖頭的說：「雷姑娘，妳不必爲難，妳既然已訂了親，我也不會怪妳——」

然後他輕描淡寫的加了一句：「我會叫雷損改變主意，命蘇夢枕主動退婚，這不就得了！」

這句話一說，一眾皆驚。

「妳來。」關七居然還向雷純招手：「我現在就帶妳走，帶妳回去。」

白愁飛的臉色變了。

變得更白。

他越怒，臉色越白；酒喝得越多，臉色越白；人殺得越多，臉色也越是白。

他膚色白皙，給人一種乾淨、逸雅、出塵的感覺，跟關七的白，並不一樣。

關七的白，是不健康的，彷彿失去了生命，失卻了血氣。

可是也有一些相同。

兩人的白，都令人感覺到一股煞氣。

凌厲的殺氣。

白愁飛的臉色開始變白，手指也變白，使得手背上的青筋更顯分明，突露的指節更加修長。

「你這句話，只有兩種人才說得出來，」白愁飛道：「瘋子或白痴！」

關七的眼光突然盯住白愁飛，陡然尖聲道：「你說我是瘋子!?」

白愁飛跟他對望了一眼，突然生起了一個奇異的感覺：

死！

四十 驚蟄

死，對於白愁飛這種人而言，幾乎是一件完全不可能的事。他一向遇強愈強，遇挫愈猛，他的生命力頑強得幾乎可拒絕死亡。

可是他現在卻感覺到了。

只是因爲他望了關七一眼。

一種強烈的空洞感覺，使他想到死。

他倏然出手。

揚手一指。

中指。

銳風破空而出。

他必須殺人。

——以別人的「死」，來制止自己的「死」意。

指風比快還疾。

比刀還銳。

比暗器還暗器。

比可怕還可怕。

「驚神指」帶起一點指勁，但就憑這一縷指風，就足可穿山裂石。

指風急取關七的印堂。

關七咬牙切齒，喃喃自語，似沒看見這驚神活鬼的一指。

陡然，指風急折。

指風飛襲六聖主。

六聖主不虞此著，大叫一聲，避，來不及，閃，來不及，躲，來不及，招架，更來不及，陡地，關七的雙手一展，砰地的一聲，在他身側的兩塊鐵皮，飛震而出，撞在左邊六聖主、右邊五聖主身上，兩人都飛躍出數步。

「哧」的一聲，白愁飛激射向六聖主那一指，只擦過他的右臂，不致喪命當堂。

五聖主躍出數步之際，才覺耳際一疼。

原來白愁飛向六聖主發指之際，尾指又發出一指，無聲無息的攻向自己。

這毫無癥兆的一指，要比銳不可當的一指還可怕。

要不是關七及時把他震開，五聖主的臉上只怕就得多出了一個窟窿。

五聖主驚魂未定，猶有餘悸。

六聖主痛得悶哼一聲，撫臂踉蹌。

白愁飛見關七看似癡呆，但揚手間破去自己的攻勢，心中一凜。

他殺不著五、六聖主，那一股「死志」，便消解不去，心中飄忽忽、沉甸甸的，很不舒暢。

關七卻仍在問：「你敢說我是瘋子!?」

「我不敢。」白愁飛有意要激怒這個人，並且要激他出手：「你豈止是瘋子？簡直白癡！」他想試一試他的實力，也想試一試自己的實力。

關七尖叫起來。

像女人遇到極恐怖的事尖叫起來一般。

他一叫，人人的耳膜都似被尖刃劃過，掩耳不迭，關七霍然而起，厲聲戟指道：「你說什麼!?我殺了你，我殺了你！」

白愁飛見他一指，以爲他要出手，忙一閃身，卻發現對方指不帶勁，一時間，臉上很是掛不住了一陣子，只冷笑道：「你殺得了，儘管殺，只怕你殺不了，爲我所殺！」

沒料關七聽了這幾句話，臉上又呈現一片茫然，喃喃地道：「我殺得了人，人就爲我所殺；我殺不了人，我就被人所殺。」他仰首望天，慘笑道：「我控制得了人，人就爲我所控制；我控制不了人，我就爲人所控制……」他一面語無倫次的說著，手腳鐐鍊，扯動得軋軋作響。

白愁飛再不答話，立意要一試關七的功力，四指一屈，中指一突，「哧」地射出一指，彈向關七眉心。

關七仍在道：「我勝得了人，人就爲我所敗，我若勝不了人，我就得爲人所敗。」他說著，不慌不忙，舉起雙手，一前一後，食中二指，各在臉前、腦後一夾，白愁飛攻出去的指風，就似冰塊遇上鐵鉗似的，突然粉碎於無形。

原來白愁飛那一指，表面上是攻敵手正面，但指風中分兩縷，另一道暗取敵手後腦，這一指只做「大寒」，至於先前的一指，左攻六聖主，暗帶另一指勁暗取五聖主，則名爲「小寒」，都是「驚神指」中的廿四絕招之一。

不過，關七看來遲鈍，但舉手立破，而且嘴裡還喃喃有詞：「我欺得了人，人就爲我所欺；我欺不了人，我就爲人所欺……」白愁飛已到了他身前，突然發動攻擊。

王小石這才知道自己錯估了白愁飛。

他一直以爲白愁飛指法厲害、輕功一流，卻不知道他的武功之博之雜、之精之奇，已到這等匪夷所思的地步。博雜精奇還不是最竅妙的，張炭就可以輕易做到，但白愁飛在每一招中，更加上了他自己的演繹與創意，也就是說，每一招每一式在他手上使來，要比前人更具威力，更無瑕可襲。

白愁飛一到了關七身前，就彷佛變成了四個白愁飛。

四個白愁飛，在關七身前身後、身左身右出襲，忽前忽後，倏東倏西，每一招攻出，都是某一門派的絕學，他攻了三十七招，但無一招重複，無一門派相同。

關七開始嘴裡還說著話：「我騙得了人，人就爲我所騙；我若騙不了人……」至此忽止。

因爲他要拆封白愁飛的攻勢。

封架到第十八招，關七忽然做了一件極爲驚人的事。

他突然整個人都倒轉了過來。

他的人仍在「鐵箱子」裡，只是頭下腳上，雙手仍銬著鐵鍊，雙腳也是鎖著鐵鍊，更驚人的是：他以手立著，以腳拆招。

也就是說，他以足代手，以手代足。

他用腳封架，用手飛「踢」，數招間，白愁飛已感吃不消。

三十七招一過，白愁飛臉色全白，仍在力戰，王小石驀然發現一件事情。

——不是白愁飛要打下去！

——而是白愁飛退不下來！

關七拳腳調轉，逆施倒行，出招交手間全不合常理，完全無法預料，形成了一種極可怕的招數，雖然大失武林宗主的身份，但卻比很多好看的招式都可怕、實用、絕妙得多！

絕妙得連白愁飛也應付不過來。

他臉色已越來越白，比紙還白，比雪還白，比白更「白」。

王小石正要上前臂助，白愁飛已長嘯一聲，再度攻出了他的「驚神指」。

天雷忽起。

大地浮沉。
天上雷鳴電閃，一道道強光，裂蒼穹而出，震蒼生而鳴。
地上狂飆忽起，彷彿潛伏地底的怒龍，裂土而起，上七重天，昇九萬里，勢所無匹！
那是「驚神指」中極具威力的一指：
「驚蟄」！

◇◇◇

「驚蟄」一出，關七的人整個都變了。
變成一個狂熱、狂喜、狂熾的人。
他彷彿全身都在燃燒。
被一種陰寒的冰火所燃燒。
他仍然頭下腳上，迎上驚神指之「驚蟄」。
幾乎是大、二、三、四、五、六聖主，一齊大叫一聲：「七聖主！」

關七整個人飛了出去。

白愁飛破空而起，緊躡而上，錦衣在烏雲密佈中飄飛若舞，煞是好看！

他指上使的「驚蟄」，要趁此急取關七。

就在這時候，關七又炮彈般彈了回來，迎上了他。

關七蒼白的臉，黑沉的衣，突然變亮。

他身上散發出一種奇異的力量。

不是煞氣，煞氣沒有那麼勇猛。

不是罡氣，罡氣沒有那麼精進。

不是元氣，元氣沒有那麼銳烈。

不是邪氣，邪氣沒有那麼剛正。

不是正氣，正氣沒有那麼張狂。

不是殺氣，殺氣沒有那麼充沛。

這似是劍氣，也似是真氣，來自關七體內，發自關七手中，直攻白愁飛。

關七這一出手，神情立變。

他臉上近痴近呆的神色又變了，變得像雲端裡的一方神祇。

他又回復了神態，以腳立足，以手攻防，他這道無形真氣一出，白愁飛臉色蒼白，左右雙手，尾、中、拇三指，同時射出銳勁，指風破空，漫天銳射，要劃破關七的氣牆。

王小石啊了一聲。

唐寶牛看出情勢不對勁，忙問：「這是什麼指法？」

王小石澀聲道：「指法再好也沒用，因爲關七竟會……」一時說不下去。

張炭目不轉睛的道：「難道是──『破體無形劍』!?」他本以爲白愁飛使出各家各派的武功，而偏又能自創一格，加上他自己的詮釋，使得每一招更加完美，他早覺望塵莫及，但見白愁飛和關七拚下去的招式，更是目瞪口呆。

王小石長吁一口氣，道：「是『破體無形劍』。」

張炭倒吸一口氣，赫然道：「真的是『破體無形劍』!?」

王小石肅容道：「而且還練成了『破體無形劍氣』！」

唐寶牛駭然道：「『破體無形劍氣』!?」正要再問，忽聽到拔劍的清吟。

可是他手上沒有劍。

張炭也沒有。

王小石也並沒有拔劍，但拔劍的聲響卻從他身上發出來，就在他的左手自袖子裡抽出來的時候。

這時候，也正是白愁飛左手三指，攻出「小雪」，右手三指彈出「初晴」之際。

「小雪」、「初晴」，是「驚神指」中的兩招殺著。

白愁飛出道以來，把這兩記殺著用作對敵，這還算是第一次。

關七的「破體無形劍氣」，遽爾遇上「小雪」、「初晴」的指勁，接了一接，也無聲響，忽然間，兩人都住了手，關七回到「鐵箱子」裡，兀然一掌拍在自己的天靈蓋上，白愁飛退了十七、八步，反手點了自己身上幾處穴道。

然後，關七耳際淌下兩行鮮血。

血紅膚白，分外分明。

溫柔喜得拊掌歡呼道：「大白菜，你贏了！」她不知從何時起已替白愁飛取了這樣一個外號。

可是她話未說完，已換作驚呼。

因爲白愁飛鼻端淌下兩行鮮血。

而且他身上至少有七處地方，正慢慢滲出了血跡。

王小石上前一步，低聲道：「二哥……」

白愁飛臉上傲氣更盛，冷哼一聲，沖天而起。

他的身法，竟比未受傷前更慓悍、輕靈。

他雙手急彈，從「立春」、「雨水」、「春分」、「清明」、「穀雨」、「立夏」、「小滿」、「芒種」、「夏至」一路急彈過去，身形過處，慘叫立起。

這街上的簷角、圍牆、草房、院落、屋面、脊頭、瓦坡、倉室、總門，全掉落下人來，每人中了一指在眉心穴上，全都活不成了。「迷天七聖」在大街小巷裡裡外外，真不知埋伏了多少人手！

白愁飛這一輪急指，一口氣連殺十三人，殺意大盛，心頭「死志」急消，精神抖擻，神威陡發，再振神功，雙手合指，以「冬至」正面攻向關七。

「冬至」一起，全場的人，只覺寒風刺骨，如下了一場至寒的雪。

關七雙目陡睜。

關七雙目一開，射在白愁飛臉上，白愁飛宛如著了暗器，猛地一個大仰身，關七雙手一合，「破體無形劍氣」，比先前更加猛烈，已截斷「驚神指」的「冬至」

指勁，飛斬白愁飛人頭。

白愁飛知道這是生死關頭，只好全力以赴，發出了「三指彈天」。

原來「三指彈天」，是白愁飛驚神指法裡的三記絕招，也是絕招中的絕招。

這三道絕招，有三個不同的名字：

「破煞」。

「驚夢」。

「天敵」。

白愁飛輕易不用這三指。

因爲這三記指法，每用一記，真氣便要消滅一分，而且，在別種武功上，真氣的耗損，只要有適當的運氣調息，便可補充，「三指彈天」則不然，縱能殺敵，也必自傷，所耗損的真力，永遠無法塡補。

所以非到不得已，白愁飛決不使這三指絕招。

現在他已沒有選擇。

他要施出「破煞」。

白愁飛臉色更白，半身微塌——「三指彈天」施展時，是極消耗體力真元的內家指功。

豈料白愁飛指未彈出，忽覺金風撲面！

◇◇◇

兵刃破空而至。

卻不是攻向他。

而是攻向關七。

劃風而至的兵器是劍。

但這劍不是劍。

而是手。

王小石的手。

左手。

這便是他的「凌空銷魂劍」。

他以這一把不是劍的劍，輕易敗退四大聖主，而今卻是硬碰關七的「破體無形劍氣」！

關七的劍，也不是劍，王小石的劍，更不是劍，可是，只怕世上任何的寶劍名劍，都發不出這樣的劍氣、這般的劍風！

「破體無形劍氣」與「左手凌空銷魂劍」比拚的結果是怎樣？

這一場的結果，不但武林中人都想知道，連同不是武林中人，也一樣想知道。

——到底結果是怎樣呢？

◇◇◇◇◇◇

結果是一連幾個變化。

快，而且不容思慮、喘息。

甚至只要你一眨眼，你就什麼都瞧不見。

王小石的掌劍，劈在「破體無形劍氣」上，他的右手也立即砍下，「右手隔空相思刀」同時發出！

可是他仍抵禦不住。

幾乎在同一剎那間，他已拔刀。

彎彎秀刀如深深的眼、清清的眉。

他一刀揮出，像一道歲月的夢痕。

這一刀，是真刀。

刀砍在「無形劍氣」上，竟然發出清澈的長吟。

「破體無形劍氣」依然割體逼進。

王小石絲毫沒有猶豫。

也不能猶豫。

他拔出了劍。

那一柄帶著三分驚艷、三分瀟灑、三分惆悵和一分不可一世的劍，和使出那種驚艷、瀟灑、惆悵以及不可一世的劍法！

劍光迎向劍氣。

「嚓」地一聲，劍氣中分，又回到關七手上、身上。

就在這時，關七雙手發出了一陣清脆的碎裂聲響。

原來，他雙臂自接了白愁飛的一指「冬至」後，已結了一層幾近透明的薄冰，經王小石「手刃」、「掌劍」和相思刀、銷魂劍一震，才告碎裂。

關七耳際的血痕，已越來越濃，並滑過面頰，凝聚在頷尖，有的還淌到頸上，與他出奇白皙的肌膚，映成強烈的對照。

關七突然咳嗽起來。

劇烈的咳嗽起來。

他一面嗆咳著，「破體無形劍氣」，第三度運聚推進，而且，要比前兩次更強、更盛、更霸。

王小石愣住了。

對方只一招，就逼得他刀劍齊出、手刃掌劍齊施。

可是對方彷佛全無損傷。

「破體無形劍氣」當頭砸下，人影一閃，只見一道令人頓生灑然之感的身影，仗著灑然出塵的身法，迎上了劍氣。

這人當然就是白愁飛。

他拇指一捺，尾指一挑，中指急彈，使出了「三指彈天」中的：

「破煞」。

——煞，是不是可以破得了？
——劍氣，何時才可以消？
——仇恨，究竟有沒有了結？
——人世間的鬥爭，幾時才可停息？

◇◇◇

這些問題，誰都會問，誰都在問，誰都能問，但問的人一樣在恨，一樣在鬥爭。
因爲鬥爭和恨，是亙古以來人的特性。
這點特性，過去存在，現在存在，將來也一樣存在。
幸好，人間也還有和諧與愛。

溫情和義氣。

所以王小石爲白愁飛接下無形劍氣。

白愁飛也爲王小石硬拚破體無形劍。

四十一 相思的刀・銷魂的劍・驚夢的指

白愁飛的「破煞」一出，關七突然不見了。

只見黑影一閃，已越過眾人的頭頂。

白愁飛臉色陡地全然煞白。

白得幾近透明。

他所發出的指勁，在空中響起一陣如同巨木轟然而倒、馬車急轉險彎的厲嘯。

「破煞」的指勁，陡地拐了一個大彎，仍追襲關七的背後。

關七卻到了雷純的身前。

唐寶牛和張炭都要阻攔，但被一股寒莫能禦的勁氣震開，不但唐寶牛和張炭被震退，連在一旁的顏鶴髮、鄧蒼生、任鬼神也全被震出數步。

關七已到了雷純身前，說：「妳不要怕，我來接妳回去。」

他在說這句話的時候，十分的溫和，本來滿佈全身的先天無形劍氣，忽然消散無蹤。

雷純沒有感覺到害怕。

她清靈的眸子裡，並無恐懼之色。

她也不知道，她並不害怕，是因爲她膽大，還是她從他眼裡，看到的不是「死志」，而是「愛意」。

溫柔在這時候倏然搶了近來。

她一刀就砍向關七。

白愁飛大叫一聲，硬生生把發出的指勁收回！

因爲雷純在、溫柔也在。

就算這一指能毀了關七，可是溫柔和雷純也必受禍殃。

「三指彈天」的威力，絕不可虛耗。

白愁飛只有硬生生地把指勁硬生生的收回。

王小石眼見白愁飛如受重擊。

他鼻下的兩行血跡更爲深濃。

王小石也不能顧應白愁飛，因以關七的武功，要殺溫柔，只怕易如反掌。他得要馬上阻止。

關七這時正說向雷純：「妳跟我走。」並伸出了蒼白、修長、顫抖著的手。

雷純堅定地道：「不。」

關七一震，溫柔已一刀砍了下來。

不知道關七是沒有閃，還是閃不開，這一刀砍個正中，身上立即冒血。

溫柔手上的「星星刀」，與雷損的「不應刀」，並稱武林，正好可以剋制關七的護身罡氣，何況關七一見雷純，就忘了以罡氣護身。

關七悶哼一聲，目光忽然變了。

他瞪了溫柔一眼，溫柔一刀命中，正在得意非凡，猛地與他目光一觸，心中一悚，關七已劈手抓住她手上的刀。

雷純急叫道：「你不要傷她！」

關七一聽，不由自主的放開了手。

溫柔正在用力抽刀，關七陡然放手，她一連退了七、八步才站得穩步子。

這時王小石已到了關七身前，攔在溫柔與雷純之間，倏地出刀。

他仍然沒有拔刀，只發手刀。

他並不覺得應該要殺死眼前這個似瘋半癲的人。

他一共發了六刀。

六刀的方向都不同，角度也不一，這六刀叫做「踏破賀蘭山缺」，六刀齊發，就算是六十個敵人在前面，也一樣得為他所逼退。

關七半步不退。

他的傷兀自在冒血。

他的人依然神不守舍。

可是王小石手刀攻到哪裡，他手腕間的鐵鍊就攔到哪裡，王小石每一刀砍下去，都砍在他的鍊鐐上。

這鍊鐐也不知是用什麼精鐵製成的，王小石砍了幾刀以後，手就開始發麻了。

雷純叫道：「小心，不要替他砍斷鍊子！」

王小石這才猛然省起，出手一頓，關七怒吼一聲，一掌向他劈來。

王小石想閃，可是竟然閃不開去。

他唯有硬接。

這一接之下，一股無形而無匹的罡氣，直把他推動，王小石飛退，退得太快，連雙腳也離了地，可是兩人的手掌，仍然連接在一起。

只要王小石背後撞上了實物，關七掌中的「無形劍氣」，就會全然盡吐。

王小石很清楚如果對方內力盡吐，以自己的內力修爲，只怕很難能夠接得下來。

就在這時候，朱小腰和顏鶴髮一嫩一老兩個聲音同時叫了起來：「七聖主，小心！」

白愁飛已飄到了關七的後面。

他的「破煞」一式，已向關七的背門攻了出去。

關七霍然返身。

他的身子本在向前疾掠，但卻要停就停；他的手掌跟王小石的手刀黏在一起，但要撤手就馬上撤手。王小石不想撤手，換氣運勁，巧打急攻，刀封劍攔，就是不許關七抽手。

關七霍然回身，單掌一格，封住了白愁飛的三隻手指。

然後兩人都停住了，震住了，僵住了。

白愁飛的臉色白得更淒厲。

關七的臉上漸漸發青。

誰都看得出來，關七以左手輕描淡寫的化解王小石的「相思手刀」，這是動的、瞬息千變的；但是與白愁飛的「三指彈天」比拚內力，這是靜的、最耗損內力的。

這種比拚，一方敗了，只怕不死也得落個重傷，甚至功力盡廢、生不如死。

王小石一連急攻十一招，但關七頭也不回，便已拆解。他心裡發狠，左手已運起劍掌，一時也不知發好、還是不發。

雷純清叱道：「王少俠，不可婦人之仁！」王小石聞言一醒，心裡暗嘆，一劍向關七背後肩膀發了出去。

奇怪的是，其他六聖，只聚精會神的觀戰，並不過來相幫。

王小石當然明白。

以顏鶴髮、朱小腰、任鬼神、鄧蒼生以及五、六聖主的功力，要衝過來圍攻他和白愁飛，只怕唐寶牛、張炭和溫柔及三劍婢是絕對攔阻不了的。

——以二敵一，勝之不武。

所以王小石那一掌只用了五成功力。

這一記「劍掌」，就劈在關七的背胛上。

這一掌砍下去，關七的那一條胳臂，肯定是廢定了的。

不料，變化遽然而生。

關七受了這一掌，猝然尖嘯起來。

他的聲音高昂悽厲，只見他臉上青筋賁突，掌力一吐，白愁飛全身一震，悶哼一聲，驀地吐了一口鮮血。

王小石的右手刀也覺得有一股極大的潛力撮來，赫然是他所發出的劍掌之力！

關七的「破體無形劍氣」，竟已到了將敵人打擊在他身上的內勁，化成了他本身的內力，反擊敵人。

王小石砍關七那一掌，等於把自己的劍掌內勁，注入關七的無形劍氣內，齊攻向白愁飛！

這無疑百上加斤。

幸好王小石不想毀掉關七，只用上五成內力，而其中一成，迴圜反襲他自己，王小石一時也應付不來。

這次他知道是生死關頭，不再容情。

他立即拔刀。

那一柄小小的彎彎的相思的刀。

真刀。

好刀。

寶刀。

他一刀就向關七的肩膀砍去。

他砍的仍是肩膀。

他仍不想殺人。

◇◇◇

關七抵住白愁飛三隻手指的右掌，突然收了回來，白愁飛臉色慘白，形同虛脫，全身一陣輕顫，退了一步，再退兩步，搖晃一陣，又退了一步。

關七的雙掌合一，已扳住了相思刀。

對付相思刀，他可是不敢以肉體硬接。

看到相思刀，關七眼中可燃燒著一種難以形容的狂喜、說不出來的狂熱，就像乍見多年不見而丰采依舊的情人。

王小石空有絕世刀法，竟掙不開關七雙掌合夾之下。

王小石只有拔劍。

銷魂劍。

劍挑起三分驚艷，掠起三分惆悵，亮起三分瀟灑，激起一分不可一世，攻向關七。

除了對付雷動天，王小石在京城裡還未同時拔刀出劍。

刀劍齊出，關七臉上蒼寒可怖。

他雙手急揮，拉遠距離，進一步，發數劍，他發的是「先天破體無形劍氣」，發到第七、八劍，兩人距離已有十步，王小石臉色愈來愈紅，關七卻幾近慘青。

王小石只能招架，沒有反擊。

但最可怕的是，關七自己知道，不能讓對方反擊。

對方只要一有機會反擊，就會擊碎自己的先天劍氣，所以一定要在對方完全沒有法子施展他的手中刀、掌中劍，甚至連一招也不讓對方有施展的機會。

就在這時，白愁飛長吟似的說了一句：「驚夢。」

他在發出「破煞」一招時，是暗算，並未事先示警，可是他發出了這「三指彈天」第二式之前，卻先道破，然後出招。

出招徐徐。

徐徐出招。

他似是一點也不急，就像是在經營一個午後漫長而香甜的夢。

——因爲他對這一招有極大的信心，還是這一招原只是一夢，夢總是要醒？

關七知道自己接不下這一招。

因爲他只看了一眼，就如墜入一場夢中。

夢醒總是成空。

他就算應付這虛空、失落的夢指，也敵不住眞實而殘酷的刀和劍。

相思的刀，比任何刀更無情。

銷魂的劍，比所有劍更斷魂。

關七只有發動了「先天破體無形劍氣大法」，這一句看來很長的名字，但正式的招式，卻一點也沒有花巧。

王小石的刀和劍，變成攻向白愁飛。

白愁飛「驚夢指」，變成攻向王小石。

關七用沛莫能禦的罡氣，致使這兩大敵手的絕招，竟拚在一起。

相思的刀、銷魂的劍，跟驚夢的指，拚在一起，結果會是如何

——生？

——死？

——玉石俱焚？

◇◇◇

不能拚。

如果相思刀、銷魂劍與三指彈天硬拚，一定兩敗俱傷。

可是如果猛然收招，一定自傷。

唯一的方法，就是對方收招，自己繼續攻擊，殺了對方，便可以一死一安然。

這樣的局面，古往今來，都常常會遇到，便有不同的人、用不同的方法，來解

決這樣的困境。

——對方死了，自己無恙，這豈非最佳選擇？

——可是當雙方都是這樣想時，結果往往是兩敗俱亡！

現今正是王小石和白愁飛要解決這個場面：

王小石右刀架左劍，交加一起，當地星火四濺。

白愁飛立即撤掌。

兩人都被自己攻勢所回挫，震得血氣翻騰，胸中都似被對方擊了一掌。

如果雙方都不是心意合一，同時收招，只要有一方收得稍遲一點，對方就得慘死當場。

關七卻並不追擊。

他有點楞楞的看著兩人，忽豎起大拇指喝道：「好！」這兩名大敵武功高強，並不令他動容，但兩人心意相通、互相維護對方的安全，這才是舉世難求，比絕世武功更難得的。

然後他才發動攻勢。

這才是真正的「破體無形劍氣」，劍氣縱橫捭闔，大開大閤，吞吐如意，斷金碎石，王小石和白愁飛在氣息紊亂中匆匆迎戰，一時左支右絀。

就在這個時刻裡，白愁飛忽然感到一種熟悉的感受，王小石忽然覺得一種親切感覺。

然後他們就聽到一種聲音。

咳嗽聲。

接著他們就看見一件事物：

刀影。

◇◇◇

他們看見刀影，卻看不見刀。

因爲刀太快了，除他們以外，觀戰的人，只怕連刀影都看不見。

美麗的刀影，如情人的倩影；刀掠起時，帶著微微的香氣與呻吟，刀彎處像處子的柔肩，刀落時還帶著些許美麗的風華。

刀清艷。

那麼驚艷的刀，看來，誰都願意為這一刀死、為這一刀生，為這一刀而不顧生死。

連王小石手中的相思刀，也不住的輕吟。

——也許好刀遇上寶刀，就像英雄才子遇上絕代佳人一般震動。

除了紅袖刀，除了「夢枕紅袖第一刀」的紅袖刀，天下有哪一刀，有著這般風情？

◇◇◇

一個悽落的人影。

一把驚艷的刀。

◇◇◇

這就是蘇夢枕。

以及他的紅袖刀。

四十二 棺材

戰鬥驟止。

眾人靜止。

靜得連針落地的聲音都清晰可聞。

那把刀，就斜架在關七的頸肩上。

關七沒有動。

他連眼皮都沒有眨。

他看著那把刀。

一個瘦削的人影，背向王小石和白愁飛。

就是這個人，他的刀就擱在關七的肩頷之間，才一現身，關七的命就在他手上。

這人沒有回頭。

可是王小石和白愁飛都知道他是誰。

從咳聲入耳、刀光入眼開始，他們已知道來的是什麼人，根本不必待看到背影，已脫口叫道：「大哥。」

◇◇◇

刀就在關七的脖子上。

關七很平靜。

他眼裡沒有懼意，甚至也沒有死、沒有生，彷彿這條命不是他的，他比在場任何人都還客觀、冷靜。

他冷冷的望著蘇夢枕，眼裡似乎有一點不屑，一點輕蔑，又彷彿什麼也沒有。

蘇夢枕忽道：「我不能這樣殺你。」

說罷，他的刀就神奇地不見了。

回到袖子裡。

他竟收了刀。

他本可一刀把關七殺了，可是他竟收了刀！

就在這時候，遠遠的地方，像是街口，又像是更遠的地方，傳來一聲陰沉的呼嘯：「不可以——」

可是蘇夢枕已經收了刀。

◇◇◇

關七的眼裡出現了一種奇怪的神情：「你就是蘇夢枕？」

蘇夢枕道：「不是蘇夢枕，能一刀制得住你？」

關七道：「你為什麼要收刀？」

蘇夢枕道：「因為那一刀是暗算才能得手。」

關七緩緩地搖首，用一種寒冰一般的語調道：「暗算也是交手，人與人交手，本來就包括了暗算，在這世上，動刀子殺人的人已算是君子，大多數人都是殺人不動刀、不見血，甚至不必自己動手的。」

蘇夢枕冷笑道：「難道你也暗算你的敵手？」

「我不做這樣的事，是因爲我不屑，但我的手下會照做不誤。」關七目若冰火，既寒且烈：「我要是真的夠強，就不必去暗算人。我要是真的夠強，別人也暗算不到我。」

他頓了頓，道：「我現在被你暗算得手，我沒有二話可說。」

王小石震訝。

白愁飛詫異。

他們都沒想到看來半瘋不癲的關七，竟就應敵上，說出這樣一番道理來！

蘇夢枕沉默了一下道：「畢竟，我們人多。」

「你知道萬人敵是什麼意思？」關七忽然問了這樣一句話。

「萬人敵就是可以一敵萬人。」

「如果有十個千人敵來戰他，他不能抵擋第十一個，他還算不算得上是萬人敵？」蘇夢枕沒料有此一問，一時答不上來，關七已經把答案說了出來：「當然不算。真正的萬人敵，不論是什麼高手，多少人來，他還是無敵的。」

蘇夢枕心中折服於他的氣魄，但卻不全意會：「你說的不是人，而是神。」

關七道：「其實人就是神。沒有人，哪有神？」

蘇夢枕不由一愣。

關七一字一句的道：「剛才你不殺我，我不領情。」

蘇夢枕傲然道：「我不殺你，不是要你領情。我平生做事，不需要人領情。」

「好！」關七向雷純一指道：「那我還是要帶她走。」

「那我還是一樣不准許，」蘇夢枕道：「而且，我還是一樣要殺你。」

關七道：「所以剛才你只是不想在那種情形下殺我而已？」

蘇夢枕道：「這樣殺了你，對你而言，不公平，對我而言，是無恥無趣的事。」

他好像笑了笑：「我一向心狠，但絕不無趣無恥。」

「那你就再殺我一次吧！」關七道：「不然，我就殺你了。」

他一說完，就出了手。

他疾掠向雷純。

蘇夢枕攔住了他。

用他的人，還有他的刀。

他咳一聲，發一刀。

咳嗽聲突然片片碎裂，聲聲不成聲。

因爲劍風。

因爲劍氣。

因爲比劍風劍氣都可怕的「破體無形劍」，就發自關七的雙手。

他的劍芒極盛，剛才力鬥王小石與白愁飛兩大高手，他的氣力不但似沒有耗損，反而更加充沛。

連他本身整個軀體，都洋溢、充斥、澎湃著無形劍氣。

蘇夢枕的紅袖刀卻不再是驚艷不再只見風情，而且也不是一味悍霸。

他每次都能閃到有利的位置，才出刀。

一出刀，就攻其所必救、必敗、必死。

對方縱能接下他一刀，架住他一刀，也非得要心膽俱喪、狼狽萬分不可。

關七的攻勢果然弱了。

如果說從照面開始，蘇夢枕每攻出三刀，關七就攻七劍的話，現在，局面已變成了：蘇夢枕每攻出六刀，關七才能使出四劍。

蘇夢枕心頭剛有點喜意，就發現了一件事：

原來王小石和白愁飛，都已加入了戰團，牽制住關七的破體無形劍！

◇◇◇

王小石和白愁飛本來都想加入戰團，助蘇夢枕以一臂之力。

可是他們都沒有出手。

因爲他們都不知道蘇夢枕高不高興、願不願意，況且，他們都有自己的隱衷。

王小石本來就不大想殺傷關七，白愁飛則太驕傲，本不屑於聯手。

只是現在他們已不得不聯手。

不但是兩人聯手，而且還是三人協力。

因爲關七一面奮戰蘇夢枕，無形劍氣卻已潛攻向白愁飛。

白愁飛發覺時，劍氣已逼近眉睫，他只有使出「大滿」指法反擊。

白愁飛才發了六、七指，在一旁的王小石，又覺得劍氣劈面而來。

劍氣已侵近了他，他只有應戰。

這樣一來，等於是蘇夢枕、王小石、白愁飛三人合戰關七。

關七面對像蘇夢枕這樣可怕的對手，竟然還似意猶未足，主動發出攻擊，把在一旁的白愁飛和王小石也逼得非出手不可。

到這個地步，他們已沒有選擇。

關七也沒有了選擇。

他的「破體無形劍氣」，劍氣縱橫，決戰紅袖刀、三指彈天，還有隔空相思刀以及凌空銷魂劍。

刀風逼人。

劍氣橫空。

其中還有指勁，喧嘯而來、喧嘯而去，像商船上的海盜。

就在這時候，關七突然一跤跌倒。

「噹」的一聲，紅袖刀一刀砍落，關七雙腿一分，那一刀就砍在他的腳鍊上。

這腳鍊竟然砍不斷！

蘇夢枕馬上收刀！

他不是吃驚那鋼鍊不斷，因爲他早已看出那鋼鍊決非凡品，而是心疼他那把刀。

關七一彈而起。

白愁飛的「寒食」也裂空而至。

關七雙臂一分，「玎」地一聲，指勁射在鋼鍊上，白愁飛只覺指尖一顫，心頭一寒，不由自主的退了兩步。

這霎間，王小石已至。

左刀右劍。

他本來是右刀左劍的。

他雙手刀劍，運轉自如。

但當刀劍攻向關七時，一股怪異的劍氣反捲而來，使他的刀，攻向自己的劍，自己的劍，反刺自己的刀。

星花四濺。

關七在這瞬息間，又撲向雷純！

——是不是他在眾敵強圍之下，仍想把雷純帶走不成!?

——他爲什麼要這樣做？

且不管他爲的是什麼，蘇夢枕都不能允許。這種事，絕不能在他眼裡發生。

他飛掠而起，關七的左手正搭住雷純的肩膀，蘇夢枕就一刀砍了下去。

蘇夢枕這一刀，旨在救雷純，而忘了自己的安危，而且他已算準，關七一定先救自己的手，只要他動意縮手，再要攻襲自己，他的刀法也就展開了，絕不讓對方得逞。

不料，關七的左手一震，已離開了雷純的柔肩，一把抓住蘇夢枕的刀口。

蘇夢枕不及細想，刀勢一拖一捺，血光湧現，關七一隻手，已齊腕斷了下來。

蘇夢枕一刀得手，迴刀已慢了一步，關七早有預謀，右手如電，劍氣已凝在蘇夢枕的咽喉。

蘇夢枕不動。

他不能再動。

他的命已在關七手上。

雖然關七只有一隻手。

王小石也不能動，他不敢動。

白愁飛也震住了，他亦不敢妄動。

整個局面又僵了下來，只有關七那隻斷手，「啪」地掉落在雷純身前的聲響，還有關七左腕在滴血落地的聲音。

雷純很想哭出來。

——這麼多的血！

——這麼可怕的場面！

可是她也不敢動。

她怕一叫，就觸怒了關七，關七就會殺了蘇夢枕。

可惜她強忍不叫，卻有一人替她尖叫了出來。

「哎呀！」溫柔掩臉尖呼：「不好了！」

——女人爲什麼總是在生死邊緣、重大關頭的時候，做出一些毫無意義的事來呢？

白愁飛實在不明白。

王小石一顆心幾乎隨溫柔的尖呼跳了出來。

他彷彿看見關七手背上的青筋也突了突。

蘇夢枕額上的青筋也現了現。

不過，關七的手仍然沒有插下去。

「我說過，」關七笑了，他牙齦裡冒著血，白森森的牙齒也沾著紅彤彤的血：「我不領你的情。」

然後他忽然收手，也即是收劍。

「我現在就還了你的情；」他說：「我這次不殺你，咱們從現在起，兩不相欠。」

他竟就這樣放過了蘇夢枕。

這些年來，不知有多少人想殺死蘇夢枕！

因爲殺死蘇夢枕，就等於摧毀「金風細雨樓」，也足可稱霸京師。

可是關七竟垂手放過了他。

而且他還爲了制住他，不惜犧牲了自己的一隻手！

◇◇◇◇◇◇

蘇夢枕沒有說什麼。

他只用他那隻沒有握刀的手，摸摸自己的咽喉，兩隻眼睛，仍像森寒的鬼火一般，無喜、無悲，只有無明的流露著無熱的火。

關七一面用右手摸著左臂幾個穴道，一面向雷純道：「今天，我只剩下一隻手，接不走妳了。妳就勢必爲人所接……」他沒有再說下去，突然尖嘯一聲，道：「不過，我改天一定來接妳，妳等我。」話一說完，竟又向蘇夢枕發動了攻擊。

他只有一隻手，但攻勢依然瘋狂。

蘇夢枕對他的攻勢，似早已料到，騰身躲過。

白愁飛和王小石立即夾擊相護。

關七陡地掠起。

白愁飛和王小石都恐他又狙擊他人，一左一右，在半空中刀劍指同時夾擊。

關七仍然飛掠，單手劍氣，只強不弱，三人空中交擊，關七忽然頭下腳上，攻勢怪異，王小石和白愁飛一時不知如何應付是好，只好身形一挪，同時落地，發現已到了街口。

關七在半空中三個觔斗、七次翻身，縱起急掠，竄出而伏，本正可趁此射入街角，身形卻陡然一頓，落了下來。

因爲一個人就坐在街角。

一個坐在很舒適的藤椅，一個很舒服的白衣人。

白衣人垂著頭，誰也看不清楚他的臉。

白衣人身前七尺，放置著一口棺材。

一口塗了黑漆的，看得出來已經陳舊了的，比普通壽木略大一點的棺材！

可是，關七此時的臉色是青得發寒。

他的神情也有懼意。

他怕的似乎不是藤椅上的垂首者。

而是這口棺材！

這到底是口怎樣的棺材，爲何能令斷臂尙能不動容的關七爲之色變！？

王小石看著白愁飛。

白愁飛望向蘇夢枕。

他們都知道那白衣垂頭的人，就是「六分半堂」的狄飛驚，但卻不知道這棺材有什麼可怕處？

他們看見蘇夢枕的神情，心中更加暗驚。

——就在剛才，蘇夢枕受制於關七，臉上依然泰然自若，可是現在他看那口棺材的眼色，似乎也憂心忡忡。

不但是他，王小石和白愁飛還發覺，連同在椅上坐著的狄飛驚，對身前那副棺木，也特別恭敬。

這只是副棺槨。

他們全無理由對沒有生命的棺材，感到害怕與尊敬，除非是……

——難道是棺材裡有令他們敬畏的東西！？

——可是能令這一干天不怕、地不怕的武林人物，居然也爲之動容的，那到底是什麼東西？

四十三　臨兵鬥者皆陣裂在前

關七猛一跺足，往左橫出兩步半。

在激戰中，他步步進逼、寸步不退，就算是逃也是往前殺出重圍，而今，為了這口棺材，他竟移走了兩步半。

——不過只是打橫移了三尺，仍然沒有退卻。

然後他尖嘯一聲，破體無形劍氣貫全身，避過棺槨，要直掠出街口。

但街口依然有一個人。

文質彬彬的狄飛驚。

垂著頭的狄飛驚。

坐著的狄飛驚。

蒼白的狄飛驚。

然而就在關七正要長身越過他頭頂的霎間，文質彬彬的垂著頭的、坐著的、蒼白的狄飛驚，突然，疾抬起頭來！

電閃在天外。

關七的眼，正跟他打了一個照面。

關七掠出的方向，猝然變了。

他不再直取狄飛驚。

他全身化作一道劍氣，衝入街角的石牆。

石牆粉碎，轟然而倒，劍氣幻成劍光，眼看要衝出街角。

突然之間，灰影一閃，本已昏黯的天色更是昏黯，雨，跟著雷聲隱隱而至！

這灰影一出現，半空截住關七，以關七的無形而且無敵的劍氣，竟然衝不破那灰衣老者的雙手忽快忽慢的招訣。

王小石詫異，凝目一看，只見厚厚重重的雨網中，截住關七去路的，正是「六分半堂」的總堂主：雷損。

他正想凝神看雷損的出手，忽見白愁飛扶額搖晃，王小石忙一把扶住他，只聽白愁飛長吸一口氣，道：「好利害的九字印訣！我只看了一陣，便覺昏眩……」

王小石說道：「九字印訣？你說的是密宗九字印？」再凝神看去，只見雷損出手，忽快忽慢，但彷彿將雨絲凝合成一張天羅地網，把關七鋒莫能攖的劍芒，困裹其中。

雷損每發一招，就大喝一聲。

誰都難以想像，像他那麼一個枯瘦的老人，竟能發出那麼巨大的吆喝聲來。

他每喝一聲，整個天地的雨聲似都為之一頓——因在喝聲的同時，他幾乎聽不到任何其他的聲音。

王小石只看了一會，只見雷損手指交叉變換，口唇蠕動，時快時疾，忽而大喝一聲，但看了半晌，竟也覺暈暈欲睡。

這是雷損的「快慢九字訣法」，施行這密宗九字訣法和手印之時，能將強大的念力、真氣與技法，三者合而為一，在瞬息間一動指頭，就能發揮倒轉乾坤之力，斬神滅鬼。

這「九字訣法」的「九字」，係指：「臨兵鬥者皆陣裂在前」九個字，語出自於抱朴子，原文：「臨兵鬥著，皆陣裂前行」，每個字都可化成獨特的密宗手印。

其中第一字是「臨」：雙手指向掌心彎曲，兩手指頭關節交錯，豎起食指，指尖相接，這是密宗大手印中的「獨鈷印」。

第二字是「兵」字訣：手指結合法同前，兩手大拇指並攏，中指反扣，纏繞食指，這是密宗的「大金剛輪印」。

第三字是「鬥」字訣：雙手合掌，左右手指指頭互抵，以中指迴纏食指，平伏扣壓，同時將拇指、無名指、尾指豎立，左右相合，即是「外獅子印」。

第四字「者」字訣是：先用中指左右交叉的把無名指纏住，並豎起拇指、食指、尾指左右應合，這叫「內獅子印」。

第五字訣是「皆」字：將左右手十指互交錯一起，指尖突出於外側，交互組合，右手指在交叉的置於外側，這是「外縛印」。

第六字訣是「陣」：十指向掌心彎曲，左右手指交錯一起，右手拇指放在左手拇指上面，這叫「內縛印」。

第七字訣「裂」：除了左手食指向上豎立伸直外，餘指往掌心彎曲，拇指擱在外側，右手食指彎曲成「字形，其餘手指皆向掌心屈，扣住左手食指，此乃「智拳印」。

第八字訣是「在」：左右手十指張開成扇形，雙手指尖相觸，掌心俱向外，中間圍成圓形，便叫「日輪印」。

第九字訣是「前」：左手輕握成拳，右手拇指輕扣在左手食指關節上，這是「隱形印」。

這是慢九字訣，快九字可在緊急時運用，雷損亦可單手而施，先將右手拇指彎曲，然後把無名指、小指及拇指的指尖撮觸，並把中指和食指直伸，全神貫注，若寫「臨」字，則由左向右橫比，如寫「兵」字，則由上而下縱比，「鬥」字則再橫比，依次序縱橫交錯，彷似在寫「三」和「川」字，並把「三」與「川」交疊，在空中比劃，有一定的規律，摒除妄想邪念，聚精會神，盡吐渾濁之氣，變成蓬勃的真元，這是「密宗快慢九字訣」的奧要。

雷損的左手，本來只剩下了中指與拇指，可是，他現在卻套上了三隻「手指」。

木製的「手指」。

不過，這木製的手指，彷彿要比有血有肉的手指要來得更加靈活。

連王小石這樣的修爲與功力，只遠看了一陣，也感渾渾噩噩，更何況是身受重傷、與他貼身交戰的關七！

雷損這九記手印，施展開來，居然佛光滿臉，誰都沒有想到這滿手血腥、一身殺戮的雷損，他的武功竟透著禪機、夾著佛法，以念力把大宇宙、大自然、大天地間生剋制化的力量，與本身與生俱來的力量結合爲一。

他的手勢時而蓮花時而劍，慢時極快快時慢，以神佛之力與自身之力融合無間，在印契曲直伸合間作出「臨兵鬥者皆陣裂在前」的殺力。

如果關七還有兩隻手，那麼，也許是可以抵擋。

但關七已是強弩之末。

王小石不禁爲關七擔心起來。

就在這時候，他就聽到一種聲音。

一種近乎呢喃般的語音。

「我治得了人，人就爲我們所治；我若治不了人，我就會爲人所治，」這語音當然是來自關七：「我若能降得了魔，魔就爲我所降；我若降不了魔，就得爲魔所侵……」

王小石乍聽，心中一動，心頭一震。

他驚震的是關七在此時此境，竟還對那一番迷離恍惚的話，自言自語個不休；他動容的是因此想到：關七在這樣的環境下還能喃喃自語，也就是表明了一點：

——關七並沒有敗！

——他甚至全無敗象！

——人要是遇險，誰還能分心出神的絮聒不休！？

王小石想到這一點的時候，忽聽一聲大吼，兩條人影，在雨中疾分開來！

◇◇◇

雷損持著胸，臉孔扭曲著，聳肩曲背的退了七、八步，直退至棺材之前，忽又似陡然獲得了什麼力量般的，挺立了起來。

關七的「無形劍氣」更盛。

蘇夢枕卻已疾撲了過去，叱道：「看刀！」

雨中刀影麗。

關七猛然返身，「破體無形劍氣」漾起一道銀龍般的劍芒，反逼向刀光。

蘇夢枕大叫一聲，身子晃了晃，劇烈的咳嗽起來。

關七斷臂的血，已被雨水沖淡。

他右臂上的劍芒，卻在雨中更厲。

他尖笑道：「我要衝出去，就一定能衝出去……」

白愁飛三指一彈，又攻了過去，關七厲笑揮劍，白愁飛指風被劍氣切斷，只好且戰且退，退至棺槨旁，關七陡然止步，王小石這時又揮刀劍攻上，蘇夢枕和雷損重又包抄上來。

關七卻尖聲厲笑道：「上天入地，我無敵……」

突然間，天邊轟的一聲，一道厲光在黑漆湧捲的天空，槍尖般刺向關七眼前。

關七大吼。

「先天無形劍氣」大盛。

「嗆」的一聲，天地全亮，蒼白透明。

關七全身一顫，反擊一劍，天色又回復黯黑。

淒厲的黑暗。

「天敵……」關七怖然嘶叫道：「上天無敵……」在電劈入長街之時，他竟向天還了一劍，但仍被雷電殛中。「天亡我啊……」關七淒聲道。

雷損悄悄地騰身而上，快九字訣急取關七身上死穴。

他的手訣一動，忽見刀劍。

王小石的刀。

還有他的劍。

他只有把印契轉為慢九字，化解刀勢，卸去劍招。

然而關七已經走了。

他在雨裡已經不見了。

雨裡瀰漫著一種奇異的霧，就在前面街頭轉角處。

「他傷得很重……」在雨裡，蘇夢枕以手捂住淌血的唇，低沉地道：「他不敵於天，為電所殛，只怕要全廢了……但我們還是攔他不住！好個關七！」

白愁飛也禁不住吐出心頭上的驚悸：「好一個關七！」

◇◇◇◇◇◇

雷損對王小石怒道：「你為什麼要攔阻我殺他！？」

王小石道：「因為不公平！」

「什麼不公平!?」

「我們人多，他一個；」王小石坦然道：「他遭了雷殛，這時候殺他，不算英雄好漢！」

雷損怒極反笑：「好！好！你充英雄，認好漢！他日他返轉過來，一一格殺我們，可沒幾個死英雄、無命好漢！」

他轉頭跟蘇夢枕道：「你的這位好兄弟，可毀了我們辛苦佈置要殺關七、一舉消滅『迷天七聖』的計畫！」

蘇夢枕冷冷地道：「我的兄弟所做的事，就是我做的事，一樣，完全一樣。」

雷損氣得直噴氣，只道：「好，好，你們既然要放關七，我也沒話可說，反正，他的手不是我砍的。」

蘇夢枕冷冷沉沉地道：「你也不必耽心，關七神智不清，連受數記重擊，而後又因劍芒太盛，遭致雷劈，縱然不死，他的功力，已絕無可能復原。」

白愁飛忽道：「要斬草除根，我們何不現在立刻就追？」

蘇夢枕道：「不行。」

白愁飛道：「爲什麼?」

蘇夢枕道：「你沒看見這霧雨……」這時，雨勢漸小，但前方還有一團霧雨，似凝結不動。

白愁飛聳然道：「這……莫非是……『煙雨濛濛』……」他說「煙雨濛濛」這四個字的時候，就像是說到什麼恐怖事物一般的語音。

「就是『煙雨濛濛』，」蘇夢枕沉重地道：「有人請來了蜀中唐門的高手，為他斷路。」

雷損忽道：「這有些不像關七的作爲。」

蘇夢枕道：「關七是從來都不準備後路。」

雷損道：「關七從來不逃。」

「所以一定還有人接應他，」在遠處的狄飛驚忽然插口：「『迷天七聖』背後還有人，一如我們所料，如果這股勢力不早日根除，這才是京師裡最大的毒瘤。」

雷損道：「幸好我們已鏟除了他。」

狄飛驚想了想，審慎地道：「雖然還沒有連根拔去，但他們要圖恢復，也絕非易事。」

雷損笑道：「沒想到，『金風細雨樓』和『六分半堂』首次攜手合作，就做成了這一件大事。」

他這句話，頗有自貶而討好蘇夢枕之意。

可是蘇夢枕不答腔，只說：「還有一大堆後事料理。」

他轉身過去的時候，只見六名聖主，只剩下了四名：顏鶴髮、朱小腰、任鬼神、鄧蒼生。

狄飛驚忽揚聲道：「『迷天七聖』埋伏在這兒的朋友，你們沒有選擇，因爲這兒早已被三百四十五位『金風細雨樓』的高手和三百三十七名『六分半堂』的子弟堵死了一切出路，你們只有投降，或就把命喪在這兒。」

「投降者，可憑你們的意願，加入『金風細雨樓』或『六分半堂』。」一間石屋裡，木門忽然伊呀打開，走出了一人，正是楊無邪，他侃侃地道：「當然，你們要爲『迷天七聖』效死也無不可，不過，就算你們聖主，也曉得識時務者爲俊傑……」

顏鶴髮忽自袖裡掣出一管鐵笛，他撮唇吹了一下，立即驚出一縷尖銳的嘯音。

朱小腰看了看，想了想，也自小袖口裡摸出一支竹笛，吹了一聲，頓了頓，又吹了一聲。

任鬼神和鄧蒼生面面相覷，然後各在腰間取出一根粗笛和長笛，兩人各吹了三聲。

埋伏在街上各處「迷天七聖」的人，全都亮身走了出來，雖然在這全面捱打的情況下，這些人依然衣不帶風，神情勇悍，身手敏捷，一點人數，約有兩百多人。

顏鶴髮乾咳了一聲，道：「我是你們的大聖主。關七聖剛才已重傷敗亡——」

蘇夢枕忽道：「他是傷了，並沒有敗，也沒有死。」

「可是，」顏鶴髮頓了頓，接著道：「七聖主已經不在了，『迷天七聖』也自然瓦解，我本來就是『金風細雨樓』的人，後來受命於蘇公子，加入『迷天七聖』當臥底，蘇公子與雷總堂主這次議定先滅『迷天七聖』，然後才放手一拚或言和共處，故此，我們今天便以爭奪雷姑娘爲藉口，引關七來此，一舉殲滅。」

朱小腰笑了笑。她這個笑意很倦慵，又彷彿有點不屑。可是她的不屑，又彷似對自己多於對別人，她指了指顏鶴髮，道：「我受過他的恩，欠下他的情，他做的事情，我支持，所以，我也是『金風細雨樓』的人。」

任鬼神與鄧蒼生又狠狠地對望了一眼。

任鬼神澀聲道：「我原是『六分半堂』的人。」

鄧蒼生大聲道：「我們現在背叛『迷天七聖』！」

任鬼神向雷純道：「小姐，剛才得罪了，我們受命於狄大堂主，不如此，就不能顯出我們確是武功不如人，五、六聖主就不會請動關七出來，關七不上陣，一切計劃便無法進行了！」

鄧蒼生直截了當的說：「我現在回復身份，是『六分半堂』的左右使，你們誰想對『六分半堂』效忠，趕快加入！」

王小石和白愁飛兩人肩靠肩的站在一起。

剛才那一戰雖然劇烈，適才那一役雖使他們受傷，但依然飛揚、激越、動魄、驚心。

而今卻有一種奇異的感覺。

甚至帶有點荒謬的感覺。

他們到現在才有些明白：這一系列的行動，只是整個大計畫中的一部份，連同一切變化也計算在其中，不但他們兩人被蒙在鼓裡，看來在場大部分的人也身不由己、作不得主。

他們兩人，只不過是這個周密計畫中的兩著棋子！

四十四　傲慢與忍辱

鄧蒼生、任鬼神、朱小腰、顏鶴髮這一輪話下來，那一干「迷天七聖」的手下，自然都徬徨無主、不知如何是好，忽聽「喀吐」的一聲。

鄧、任、朱、顏一齊扭頭望去，只見陳斬槐往地上啐了一口痰，凶狠狠的道：「呸！這算什麼!?七聖主還活生生的，咱們就謀叛了！趁風轉舵誰不會！兄弟們有義膽忠心的，今兒就是掏出來的時候！」

他這樣一說，一眾「迷天七聖」的人，臉上都出現慚色，連鄧蒼生和朱小腰也垂下了頭。顏鶴髮怒叱道：「陳舵主，你活膩啦！」

陳斬槐昂然道：「說句實話，顏大聖主，這年頭，產豐食飽的，誰有活膩了抹脖子這回子事！只不過，陳某走暗盤子，卻心往光明道，有些事，卻寧死不活！」然後大聲向「迷天七聖」的人道：「有血氣的，還是關七聖的血性子弟，請往我陳某這兒站，咱們一起捱刀口，一塊兒給『迷天七聖』的招牌揩揩光！」

他這一番號召，真有十數名忠心耿耿的子弟，往他那兒站去。

任鬼神怒道：「陳斬槐，你真不自量力！」

陝斬槐冷笑道：「我是不自量力，卻不賣主求榮！」

任鬼神怒不可遏：「你……」

顏鶴髮揚聲道：「要棄暗投明，加入『金風細雨樓』的人，我們無任歡迎，請靠我這邊站過來。」

任鬼神本想先對付陳斬槐，見顏鶴髮正招兵買馬，自己不想落後，遭雷損、狄飛驚見責，忙道：「『六分半堂』，廣開庭門，唯才是用，不記前嫌。欲展身手，不負所學，就跟我這邊來。」

這一來，兩百名「迷天七聖」的徒眾，近一百過了任鬼神那邊，近百名站到顏鶴髮這兒。

其實，早在此役之前，「迷天七聖」裡已分成三個派系，大聖主顏鶴髮和二聖主朱小腰自是一派，三聖主任鬼神和四聖主鄧蒼生又自成一系，俯首聽命，而真正對關七盡死忠心的，為數恐怕不到一成。

關七當年組織「七聖盟」，聲勢浩大，「六分半堂」瞠乎其後，聲勢不可與之相提並論，直至雷損執掌大權，大事整頓，並與關七之胞妹昭弟聯婚，「六分半堂」勢力後來居上，漸漸成了「迷天七聖」的心腹之患，卻偏偏在這時候，關七神智不清，終日自囚，說話語無倫次，行事逆行倒施，而且喜怒無常，疏於政事，動輒大事殺戮，連原來忠心耿耿的舊部，二聖主「金面獸」閔進、五聖主「開心神仙」呂破軍、六聖主「毒手摩什」張紛燕，全遭了他的毒手，這樣，才又引進了現在的朱小腰，以及無人知其身份的五、六聖主。

「六分半堂」勢力日益強大，「迷天七聖」日漸萎縮、潰不成軍，此消彼長下，「七聖盟」在七、八年前已轉入地下，變成神祕幫會，「六分半堂」乘勝追擊，本待一舉消滅「迷天七聖」，但蘇夢枕主持的「金風細雨樓」，勢力又日益強大，更有駸然青出於藍猶勝於藍之勢。

這一來，「六分半堂」轉移目標，全力對抗「金風細雨樓」。「迷天七聖」因而得以苟延，卻不圖振作，關七仍舊不聞不問，暱近五聖六聖，大小事務，乃由五、六二聖代爲料理，因此，「迷天七聖」的部下多淪落爲江湖宵小，恃勢凌人，無惡不作，像在漢水上，「七煞」者老大等人奉命捉拿雷純，居然色心大起，不惜犯戒，便屬一例。

不過，近日來，「迷天七聖」在京城中的實力，突然大增，有不少神秘高手加入，而且各路子弟，紛紛往京城調集，「六分半堂」與「金風細雨樓」表面上當然已鬧得你死我活，實際上也不能並存，但雷損和蘇夢枕，都是不世人傑。

他們並不忽略「迷天七聖」的存在。

而且，他們更深知七聖主關七的武功。

「在武功上，我不怕雷損，但怕他那口棺材，」蘇夢枕曾對郭東神說道：「要不是這幾年來關七似已瘋了，他才是最可怕的敵手。」

「實際上，狄飛驚的身份和武功更令人諱莫如深⋯⋯」郭東神道：「但關七背後的勢力，更令人寢食難安。」

所以蘇夢枕決意要先除「迷天七聖」。

——只有在掃除「迷天七聖」的勢力後，才可以放心放手與「六分半堂」決一死戰！

這跟雷損的心思不謀而合。

「我們若要跟『金風細雨樓』決戰之前，一定要鏟除關七的實力；」狄飛驚也跟雷損這樣說過：「無論是什麼樣的勢力，只要老大和老二相爭，一定會爭取老三，所以得利的會是老三；老三一旦得利，就會變成老二，我們要是勝了，老三也會威脅到我們，我們那時候已元氣大傷，不一定能收拾得了他，他便成為禍患；要是我們輸了，已筋疲力倦，而我們當年曾奪去關七在城裡的地位，你看他還會放過咱們嗎？」

「可是關七已經瘋了。」雷損故意這樣說，他似乎比較溫厚、比較念舊、比較不想開殺戒，而有些事，有些話，總該由別人來做、別人來說，才較妥當。雷損深知這一套。狄飛驚也深知這一點。所以一個懂得說，一個則懂得不說。

「瘋了不等於死了。」狄飛驚道：「有時候，瘋了就像一個人敗了一樣；既然敗了可以東山再起，為什麼瘋了就不可以神智復原？」

故此，雷損與蘇夢枕都有一個默契。

他們的默契就是：先滅「迷天七聖」，殺關七！

這一點他們做得非常徹底。

鄧蒼生和任鬼神是關七當年的親信，對於關七的顛三倒四、信重外人，自然瞧不順眼，心裡不服氣，鄧蒼生是死心眼兒，不易打動，任鬼神則心中早已不忿，較易收買，而鄧蒼生又向以任鬼神為馬首是瞻；於是，雷損早已派狄飛驚暗底裡跟任鬼神、鄧蒼生取得聯繫。

任鬼神眼見關七已完全信賴五聖六聖，自己師兄弟二人，正是動輒得咎，朝不保夕，處此局面，不如一叛了之，自然接受雷損的籠絡，至於鄧蒼生對任鬼神，則一向言聽計從。

蘇夢枕則派楊無邪去分化「迷天七聖」的人，揚無邪卻看準了顏鶴髮。

——顏鶴髮雖貴爲「迷天七聖」的大聖主，眼見日漸失勢，地位日益動搖，心懷不忿，自是最爲不甘！

——顏鶴髮想必是個聰明人，他要不是個聰明人，斷無理由二聖主閔進、五聖主呂破軍、六聖主張紛燕全部遭了殘害，他依然能屹立不倒。

——一個聰明人，自然知道活下去才是最重要的事。

——聰明人比較怕死。

——因爲聰明人比較知道怎麼活著才比較享受。

——一個比較注重享受的人，就有貪念、必有所圖！

揚無邪認定這一點，技巧地進行收買顏鶴髮。

而且，他更看出顏鶴髮與新進的二聖主朱小腰是一夥的，只要收服得了顏鶴髮，也就等於拉攏到朱小腰，無形中省了不少力氣、時間。

揚無邪果然看得極準。

顏鶴髮與朱小腰，都成了「金風細雨樓」的優秀七聖盟中的內應。

所以才會有「三合樓事件」。

——他們以一個雷純，引起了較小型的格鬥，引出了關七，才引發全面的惡戰，要一舉殲滅關七！

不過關七依然逃出重圍。

雖然他已受了重傷。

◇◇◇◇◇◇

然而，在這場「兩虎相爭，意在關七」的計畫裡，「金風細雨樓」與「六分半堂」這兩大實力，也彼此虎視眈眈，互爲抗衡。

蘇夢枕卻遽增了王小石和白愁飛這兩名強助。

他趁這個行動，把「金風細雨樓」的實力，跟「六分半堂」互相抵制，而令白愁飛與王小石，藉此要脅雷滾、殺掉雷恨。

他自己則和「金風細雨樓」的主力，先是固守天泉山，與雷損的勢力各按兵不動，直至關七現身爭奪雷純，他們再拔隊掩撲三合樓，完成了突襲與圍剿行動。

現在就只剩下了善後與招攬。

——殺戮只是不得已的手段，那是一種破壞。

——結合新的力量是必要的，這才是建設。

◇◇◇

眼下的情勢，「迷天七聖」主要的部隊，有四成過了「金風細雨樓」那邊，四成過了「六分半堂」這兒，實則，顏鶴髮與任鬼神等人，早已在招收徒眾、暗中鞏固自己的實力，如果關七不是太過昏昧無能，只須稍加留心，必然會發現「七聖盟」早已人心思散、潰不成軍。

現在只剩下兩成不到的徒眾，一成到了陳斬槐那邊，願為關七效死，一成仍舉棋不定，拚又不是、逃又不成，既不想叛，又不想死，不知如何是好。

蘇夢枕忽對楊無邪道：「你知不知道我最討厭一種人？」

楊無邪額上的黑痣似乎在發著亮：「公子一向不喜歡一腳踩兩船、牆頭草、兩方討好、朝秦暮楚的人。」

「對了，」蘇夢枕道：「忠就忠，奸就奸，好就好，壞就壞，沒啥大不了的。生就是生，死就是死，人活著，總要做決斷，選錯了，也不過是錯了，揀對了，只不過是對了，一刀子下去，砍的不是魔，那就是神，也沒什麼不可以的。最不痛快的便是前山怕虎、後山怕狼，張惶四顧、畏頭縮尾，想面面俱圓，但又不敢輕試，伸了腳趾縮腳跟，這算啥!?不如殺了了事！」

楊無邪似乎連臉上的暗瘡也發亮：「公子說的對！」

蘇夢枕這幾句話一說，又有不少人，往「金風細雨樓」那兒靠攏。

雷損乾咳了一聲，道：「蘇公子，久違了。」

蘇夢枕忽道：「你感冒了？」

雷損一楞，道：「托公子洪福，老夫一向少病無慮。」

蘇夢枕又問：「你有肺癆？」

這句話由蘇夢枕口中問出來，無疑對雷損十分諷刺，幾近侮辱。

雷損居然也沒有生氣，還居然回答：「沒有。」

蘇夢枕傲慢地道：「那你說話前，爲啥先要咳嗽一聲？」

雷損沒料有此一問，一時竟答不出話來。

狄飛驚忽然答腔，他說話有氣無力、垂頭喪氣，但在斜風細雨裡依然清晰入耳：「總堂主先咳一聲，是要你注意，他正在跟你說話。」

「他說話，我自然聽得到，我又不是聾子，何必要咳這一聲？」蘇夢枕道：「莫不是在我面前，他對自己沒有信心？」

「那麼說，」狄飛驚淡淡地道：「蘇公子昨午與我在三合樓上會面，一共咳了十七聲，那又表示了什麼？」

狄飛驚這一句話一出口，「六分半堂」和「金風細雨樓」的子弟，莫不暗摸兵器、捏一把汗！

——這種話一旦出口，只要蘇夢枕一動手，這兩幫人馬，就得血灑長街，決一存亡！

蘇夢枕居然沒有生氣。

他還輕描淡寫的回答了這句話：「因爲我有病，所以不得不咳。」

他指著雷損又說：「他既然沒有病，咳來做什麼？」

說到這裡，頓了一頓，才說下去：「除非，他是向我挑釁？見我咳嗽，便故意咳上幾聲，來譏刺我！」

這時，誰都可以看得出來，蘇夢枕是故意向雷損找碴子。

一個堂堂領袖，同另一名一方領袖找晦氣，自然有千萬個理由，可是蘇夢枕居然挑這種雞毛蒜皮的小事來找麻煩，分明是吃定了雷損，並且全沒把他瞧在眼裡。

雷損仍是沒有動氣。

「我咳那一聲，是向你示好，想與公子多接近接近，」雷損仍然沉得住氣，本來他的臉色就像這雨天一般灰沉，此際居然有了笑容：「我全無惡意，還請公子見諒。」

他這句一出口，「迷天七聖」剩下的幾十個人，立即有十幾人到了「金風細雨樓」那兒去。

蘇夢枕乜顧全場，悠然道：「你討好我也沒有用，那件事，你還是得給我答覆。」

雷損竟然陪笑道：「我知道，不過，你給了我三天限期，現在才過了一天。」

蘇夢枕似沒有聽清楚：「什麼？」

雷損只好又說了一遍：「公子給了我三天的限期，兩天後，我一定答覆。」

這時，不但猶豫不決的徒眾大都過去「金風細雨樓」那兒，連本來站在「六分半堂」陣線上的「迷天七聖」子弟，也有人悄悄地溜到「金風細雨樓」的陣地去了。

蘇夢枕側首想了想，一副不以爲然的樣子：「我給了你三天時間麼？」

雷損道：「是。」

蘇夢枕這才似恍悟似的道：「啊？」然後極不耐煩的道：「三天？時間太長了，現在關七已完了，我要你明天就給我答覆！」

「明天？」雷損有點猶豫：「這——不太快了些嗎？」

蘇夢枕冷峻地道：「你嫌太快？」當即沉下了臉：「你要更快都可以。」

雷損即忙不迭的道：「不快，不快，明天正好，正好。」

這一番話對答下來，在場的「六分半堂」弟子幾乎都抬不起頭來；「金風細雨樓」的人卻鬥志昂揚。

蘇夢枕卻還不放過：「你知道要答覆我什麼？狄先生有沒有告訴你？」他語氣

中，對狄飛驚似乎比對雷損更看重。

雷損只道：「有的。」

蘇夢枕卻還是說了出來：「我是要你投降，只要你投降，『六分半堂』還可以歸附『金風細雨樓』，但不必滅亡；如果你們要鬥下去，那麼我告訴你：那是自尋死路。」

這幾句話一出，「六分半堂」的人都幾乎按捺不住，恨不得雷總堂主、狄大堂主一聲令下，立即去拚個你死我亡。

但狄飛驚似乎沒有聽見什麼。

雷損也不動聲色，臉不改容的道：「我知道。」

「很好。」蘇夢枕這才似乎有點滿意，「明天，正午，地點改在『金風細雨樓』。」

「什麼!?」這次雷損終於忍不住。

「哦？」蘇夢枕斜眼看他道：「你不答應？」

雷損欲言又止。

「不可以，絕對不可以，」這次是狄飛驚在說話，他大聲的說：「就算總堂主答應，我也不答應！」

稿於一九八五年同時撰寫十八個專欄、連載時期。
校於一九八八年十二月，與小黑龍三度赴台行。
再校於一九九〇年十一月五日中央日報約寫短文及長篇連載：「驚豔一槍」。

請續看《溫柔的刀》下冊

風雲精選武俠經典　編為諸葛青雲精品集

一劍光寒十四州

諸葛青雲—著

諸葛青雲與臥龍生、司馬翎並稱台灣俠壇的「三劍客」，與香港名家梁羽生，堪稱台港「雙璧」！諸葛青雲國學功底深厚，對傳統文學頗具造詣，擅寫兒女私情，有台灣「才子佳人第一人」之譽。

「滿堂花醉三千客，一劍光寒十四州！」原本是眾人歡祝的壽宴，卻意外演成了一場滅門血案，僥倖得存的幼子，該如何報仇血恨，並剷除江湖武林中的敗類呢？

話說「鐵膽書生」慕容剛，為拜兄呂懷民五十大壽，遠自關外而來，不想卻趕上了一場慘絕人寰的兇狠仇殺！「千毒人魔」西門豹為報其削耳之辱，竟利用慕容剛，送上毒函害死呂懷民。呂家大禍未已，旋被四靈寨首席香主「單掌開碑」胡震武上門尋仇。呂夫人被害，呂懷民之子呂崇文幸得義僕呂誠，義捨孫兒，以獨孫偷天換日，得以倖免於難。慕容剛遂帶其拜師「宇內三奇」靜寧真人學藝，以報西門豹及胡震武之殺父殺母之仇。眼看一場武林浩劫勢將難免……

風雲精選武俠經典　編為諸葛青雲精品集

江湖夜雨十年燈

諸葛青雲—著

諸葛青雲與臥龍生、司馬翎並稱台灣俠壇的「三劍客」，與香港名家梁羽生，堪稱台港「雙壁」！諸葛青雲國學功底深厚，對傳統文學頗具造詣，擅寫兒女私情，有台灣「才子佳人第一人」之譽。

英雄老去，白髮催人，壯士窮途，天涯潦倒，這種情況，用簡短的詞藻，極難描述得深刻動人，但宋代的大詩人黃山谷卻做到了，他有七字好詩，「江湖夜雨十年燈」，傳誦千古！在鬼影淒淒的幽靈谷外，懸起了一盞紅燈籠，這盞燈，又將敘說哪一樁江湖憾事！

「飛環鐵劍震中州」韋丹的獨生愛子韋明遠，受胡子玉的指點得以進入谷內，習得絕世武功。只是，原本為報殺父之仇才冒險入谷的韋明遠，卻被師父要求放過殺父仇人「雪山雙凶」，更出人意料的是，幫助他入谷的「鐵扇賽諸葛」胡子玉，竟是藏有報復當年韋丹傷他一足的狡詐禍心。

在父仇必報及師命難違的矛盾煎熬中，韋明遠該何去何從？而胡子玉又是運用什麼狡謀，在幫助仇人之子習得絕藝後，再尋機加以殺害呢？……

風雲精選武俠經典　編為諸葛青雲精品集

紫電青霜

諸葛青雲—著

諸葛青雲與臥龍生、司馬翎並稱台灣俠壇的「三劍客」，與香港名家梁羽生，堪稱台港「雙璧」！諸葛青雲國學功底深厚，對傳統文學頗具造詣，擅寫兒女私情，有台灣「才子佳人第一人」之譽。

《紫電青霜》為諸葛青雲成名代表作，內容繁浩，情節動人，氣勢恢宏，在報紙連載當時即膾炙人口，且歷久不衰，對於台灣武俠創作的總體發展趨向影響甚大。

少年俠客葛龍驤奉師父之命，拜謁冷雲仙子葛青霜，共商黃山論劍之事。途經天心谷時，巧遇玄衣龍女柏青青，二人互有好感而漸生情愫。為了正義，葛龍驤不惜隻身挑戰強敵，不料竟被追魂燕繆香紅一掌推下懸崖，後又遭殺父仇人黑天狐宇文屏所害。柏青青不惜艱辛尋找千年雪蓮，醫治葛龍驤。就在柏青青危急之時，葛龍驤手中降魔鐵杵奮力出手，卻因此現出了杵內之物，一段紫芒如電的劍尖。「紫電」「青霜」，見諸典籍，均為古代名劍！然而人世間事，變幻無常，無限風波往往起於毫末……

風雲精選武俠經典　編為臥龍生精品集

劍氣桃花

臥龍生—著

臥龍生與司馬翎、諸葛青雲並稱台灣俠壇的「三劍客」
台灣武俠小說界，臥龍生獨領風騷被稱為「台灣武俠泰斗」
臥龍生是台灣著名武俠小說作家，也是海外新派武俠小說家一員

《劍氣桃花》是臥龍生在意識到影視劇本普通需要快節奏的呈現，從而將此體認援引到其小說創作中的結果之一。因此，這部作品是臥龍生小說的破格與變奏，代表了他在後期企求重締輝煌的想望。

是什麼事使這中年婦人非要尋死不可？而且，還帶著自己的孩子？

每年九月初一到十五，桃花林的桃花居會賣起名聞天下的桃花露美酒，釀製的人自號桃花老人。這片桃花林，一年僅開放十五天外加五天賞花期。若有人在二十天以外的日子闖入桃花林，必遭蜂螫至死，僥倖逃出者則必雙目失明。一日，一對遭人追殺，抱著必死之心的母女逃入林中，豈料並未遇如傳說中的傷害，然而，突然現身的桃花老人，卻告訴她們：「離開此地，還有一線生機，留下來，則連一點生機也沒有。」

風雲精選武俠經典　編為臥龍生精品集

飄花令

臥龍生—著

臥龍生與司馬翎、諸葛青雲並稱台灣俠壇的「三劍客」
台灣武俠小說界，臥龍生獨領風騷被稱為「台灣武俠泰斗」
臥龍生是台灣著名武俠小說作家，也是海外新派武俠小說家一員

《飄花令》是臥龍生成熟時期的創作中，
將「逆反」這個主題展現得最為淋漓盡致、也最為駭人聽聞的一部。

二十年前，武林大會公認「天下第一俠」慕容長青，在一次滅門凶案中慘遭殺害，只有在襁褓中的慕容公子被忠僕救出。二十年後，江湖上瀰漫著一股山雨欲來的肅殺氣氛。一方面，與慕容長青有金蘭之交的中舟一劍、金筆書生和九如大師等人，暗中追查凶殺案的主謀，另一方面，傳聞中的慕容公子現身江湖，矢志為父親復仇。「蓮下石花，有書為證，清茶杯中，傳下道統。」這是在慕容長青遺書中，唯一留下和慕容家遺族和武功有關的線索，到底該如何求證慕容公子真正的來歷？他們是否又有能力，能與江湖新崛起的女兒幫、飄花門及三聖門等勢力抗衡呢……

風雲精選武俠經典　編為臥龍生精品集

欲罷不能的——臥龍生

臥龍生成功運用了還珠樓主的神禽異獸、靈丹妙藥、奇門陣法，鄭證因的幫會組織、獨門兵器，王度廬的悲劇俠情，朱貞木的奇詭佈局、眾女追男等，博采眾長而融於一體，開創了既具傳統風味又有新境界的新時期！

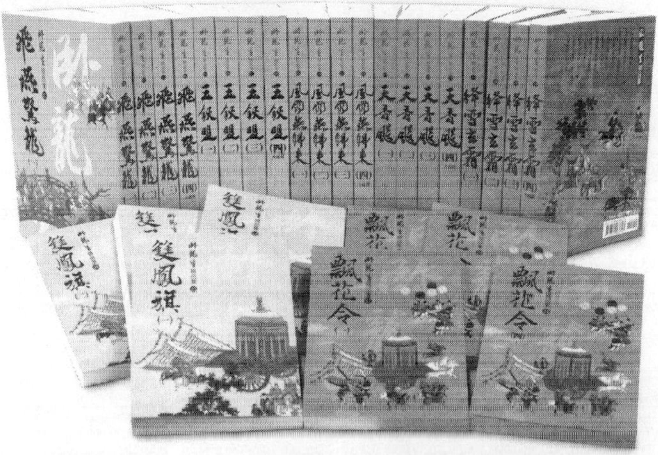

書目　25K 平裝　每冊定價240元

01. 飛燕驚龍（全四冊）
02. 玉釵盟（全四冊）
03. 風雨燕歸來（全四冊）
04. 天香飆（全四冊）
05. 絳雪玄霜（全四冊）
06. 飄花令（全四冊）
07. 雙鳳旗（全四冊）
08. 翠袖玉環（全四冊）
09. 金筆點龍記（全四冊）
10. 天龍甲（全四冊）
11. 金劍雕翎（全四冊）
12. 岳小釵（全四冊）
13. 神州豪俠傳（全四冊）
14. 春秋筆（全四冊）
15. 劍氣桃花（全四冊）

【武俠經典新版】說英雄·誰是英雄系列

溫柔的刀（中）

作者：溫瑞安
發行人：陳曉林
出版所：風雲時代出版股份有限公司
地址：10576台北市民生東路五段178號7樓之3
電話：(02) 2756-0949
傳真：(02) 2765-3799
執行主編：劉宇青
美術設計：許惠芳
行銷企劃：林安莉
業務總監：張瑋鳳

初版日期：2021年9月新版一刷
版權授權：溫瑞安
ISBN：978-626-7025-01-7
風雲書網：http://www.eastbooks.com.tw
官方部落格：http://eastbooks.pixnet.net/blog
Facebook：http://www.facebook.com/h7560949
E-mail：h7560949@ms15.hinet.net
劃撥帳號：12043291
戶名：風雲時代出版股份有限公司
風雲發行所：33373桃園市龜山區公西村2鄰復興街304巷96號
電話：(03) 318-1378
傳真：(03) 318-1378
法律顧問：永然法律事務所 李永然律師
北辰著作權事務所 蕭雄淋律師
行政院新聞局局版台業字第3595號 營利事業統一編號22759935
©2021 by Storm & Stress Publishing Co.Printed in Taiwan
◎ 如有缺頁或裝訂錯誤，請退回本社更換

定價：290元 **版權所有 翻印必究**

國家圖書館出版品預行編目資料

溫柔的刀（中）／溫瑞安 著. -- 臺北市：風雲時代，
2021.08- 冊；公分 (說英雄.誰是英雄系列)
武俠經典新版

ISBN 978-626-7025-01-7（中冊：平裝）

1.武俠小說

857.9 110010857